La vengeance de Nairo Moreno

KATE WALKER

La vengeance de Nairo Moreno

Azur

HARLEQUIN

Collection : Azur

Titre original :
INDEBTED TO MORENO

HARPERCOLLINS FRANCE
83-85, boulevard Vincent-Auriol, 75646 PARIS CEDEX 13
Service Lectrices — Tél. : 01 45 82 47 47

www.harlequin.fr

ISBN 978-2-2803-6852-0 — ISSN 0993-4448

Prologue

La lune brillait d'une lueur froide, haut dans le ciel nocturne. Rose franchit la porte qu'elle referma derrière elle et se courba instinctivement en entendant grincer les gonds rouillés dans la nuit. La panique la figea sur place, comme trois mois plus tôt, quand la main de son beau-père s'était posée sur son épaule. Mais la maison demeura silencieuse, apparemment vide, même si, dans les étages, une demi-douzaine de personnes survivaient, derrière les fenêtres crasseuses et disjointes.

Heureusement, le clair de lune éclairait le sentier herbeux, encombré de canettes de bière et de sacs-poubelles qui lui barraient le passage. Pourtant, durant les quelques minutes qui lui suffirent pour gagner la rue et se sentir enfin hors d'atteinte, la terreur la poussa à courir à perdre haleine, alors qu'elle aurait dû avancer avec prudence pour éviter de faire le moindre bruit. À tout instant elle s'attendait à entendre des pas derrière elle ou un cri s'élever dans le squat pour alerter les habitants de sa fuite.

L'un d'entre eux en particulier, le plus dangereux de tous.

Le cœur de Rose se mit à battre plus vite, tandis qu'elle tentait de chasser de ses pensées l'homme qu'elle laissait derrière elle. Un homme que, naguère, elle considérait comme son sauveur et qui lui était venu en aide au moment où elle en avait le plus besoin. Un homme qu'il lui fallait maintenant abandonner, de peur de se perdre elle-même à jamais.

Ironie du sort, elle avait longtemps considéré comme un refuge ce squat installé dans une demeure autrefois élégante mais depuis longtemps laissée à l'abandon, avant de comprendre qu'elle devait s'en éloigner à tout prix.

— Oh ! Jett…

Ce nom s'était échappé malgré elle de ses lèvres, et en dépit de tous ses efforts pour les chasser, des images lui revenaient en mémoire. Le corps immense et puissant de Jett, allongé sur le sol poussiéreux de la chambre qu'ils avaient déclarée la leur, sa longue chevelure d'un noir d'encre répandue sur ses bras où il cachait son visage. Il dormait toujours sur le ventre et, quand ils avaient fait l'amour avec une passion brûlante, il s'abîmait tout d'un coup dans un sommeil profond. Mais Rose savait que ce n'était qu'apparent car au moindre mouvement, au moindre bruit, il s'éveillait en sursaut, les sens en alerte.

Il avait bougé dans son sommeil quand elle s'était levée, puis sa tête était retombée sur ses bras.

— Ne tarde pas, avait-il chuchoté.

Il ne pouvait pas la voir dans l'obscurité, mais elle avait secoué la tête pour dissimuler son visage sous sa longue chevelure rousse.

— J'en ai pour une minute, c'est promis.

Mais elle ne l'abandonnait pas pour une minute. Elle partait pour toujours. Elle se devait de saisir au passage sa seule chance d'échapper à cet enfer.

Même une fois parvenue à la route, elle ne put calmer la douleur qui lui broyait le cœur. Une impression terrible de perte et de regret de ce qu'elle laissait derrière elle et qui — elle le comprenait enfin avec une horrible amertume — s'était révélé un mensonge.

Si seulement… Mais il n'était plus temps de regretter. Il n'y avait pas d'avenir envisageable pour elle avec cet homme qu'elle avait été stupide d'aimer à la folie et à qui elle s'était donnée corps et âme jusqu'à ce qu'elle découvre sa véritable personnalité.

Elle aurait pourtant dû deviner que ce n'était pas un chevalier sur un blanc destrier le soir où il l'avait littéralement ramassée dans la rue. À cet instant où elle se sentait si perdue qu'elle aurait été reconnaissante à n'importe qui de l'aider, elle était tombée sous son charme. Mais désormais, elle ne pouvait plus nier l'évidence, faire semblant d'ignorer qu'il était impliqué dans un abominable trafic de drogue qui avait causé la mort d'un des autres squatters. Rien que d'y penser, elle sentit un frisson courir dans son dos.

Oui, elle devait à tout prix quitter cet endroit, fuir le plus loin et le plus vite possible, sans plus jamais regarder en arrière.

Un bruit de moteur venant de la route… C'est elle qui avait averti la police, et son approche signifiait qu'il fallait faire vite.

Elle pressa le pas pour s'éloigner de cette maison, le seul vrai foyer qu'elle ait connu ces derniers mois, et retint son souffle en croisant les voitures de police qui s'immobilisèrent devant la porte du squat. Puis elle tourna le coin de la rue. C'était fini, enfin. Et elle comprit que, dans sa folle naïveté, elle s'était caché à elle-même la réalité jusqu'à ce qu'il soit trop tard ou presque…

1.

Nairo Roja Moreno fit un pas hors de son jet privé et fronça les sourcils en sentant l'air glacé et la pluie lui frapper le visage.

— *Perdición !* jura-t-il en remontant le col de sa veste, avant que le vent ne lui arrache le mot des lèvres pour le souffler vers le ciel d'un gris d'acier. Il pleut.

Évidemment. C'était l'Angleterre, et le temps conspirait avec tout le reste pour lui rappeler à quel point il détestait ce pays.

Londres en particulier, où il avait cru jadis refaire sa vie pour découvrir ensuite qu'on lui avait une fois de plus brisé le cœur.

— *No.*

Il descendit la passerelle en redressant la tête comme pour défier les éléments. Les images qui lui revenaient en mémoire n'avaient rien à voir avec la température, malgré le froid glacial qui avait toujours régné dans cette fichue maison. Le froid et la misère, excepté quand il réussissait à persuader Red de venir le rejoindre, dans son sac de couchage usé et trop étroit.

Pour tout dire, ce n'étaient ni les intempéries ni la maison qui avaient eu raison de lui. C'était la froideur de la trahison, la froideur d'un cœur qu'il avait cru aimant et généreux. Jusqu'au jour où Red l'avait abandonné avant de disparaître dans la nuit.

Au fond, bon débarras ! se dit-il, balayant ses souvenirs tandis qu'il se glissait dans la voiture qui l'attendait. Il n'avait eu ni l'envie ni la possibilité de se lancer à sa poursuite. Il avait été bien trop occupé à reprendre sa vie en main et à renouer avec sa famille, une réconciliation qu'elle avait bien failli empêcher. Par conséquent, il ne s'était plus soucié d'elle, il avait réussi à se donner une seconde chance qu'il n'avait aucune envie de gâcher. Ce voyage à Londres serait le point final de la mission qu'il s'était lui-même fixée.

— Dacre Street, répondit-il au chauffeur qui demandait où il devait l'emmener.

Il espérait seulement que ce dernier saurait où se trouvait cet endroit maudit, situé dans un quartier infréquentable de Londres.

Mal à l'aise, Nairo s'adossa à la banquette tout en écartant de son front ses cheveux humides. S'il était revenu, c'était pour tenir la promesse faite à Esmeralda. Il avait tant à se faire pardonner de sa sœur, et tout ce qui comptait pour lui, c'était qu'elle soit heureuse. Après quoi, il pourrait se dire qu'il avait accompli son devoir.

Louise avait vraiment choisi le pire moment pour tomber malade et rentrer chez elle, soupira Rose en arrangeant une mèche de cheveux auburn qui s'échappait pour la énième fois de sa natte. Son assistante, d'habitude efficace et bien organisée, s'était sentie plus mal encore qu'elle ne le lui avait avoué la veille, à en croire l'état dans lequel elle avait trouvé la réception : tout était sens dessus dessous, et l'agenda où étaient détaillés les rendez-vous de la journée, éclaboussé de café, était devenu illisible.

Évidemment, Rose n'avait aucun besoin de ces explications. Le rendez-vous avait été pris une semaine plus tôt, et le contact, établi au téléphone par une voix teintée d'un fort accent qui s'était révélée être celle de l'assistante de Nairo Roja Moreno.

— Nairo Roja Moreno…, murmura Rose pour elle-même, les yeux fixés sur l'agenda maculé. Le fils aîné d'une famille espagnole aristocratique voulait s'entretenir avec elle d'une robe de mariée ?

Rose avait projeté de chercher à en savoir plus long sur lui sur Internet, mais sa mère était si mal la veille qu'elle avait dû lui consacrer toute sa soirée.

Quand elle avait reçu l'e-mail confirmant le rendez-vous, elle avait été folle de joie. Une bouffée d'oxygène. Les soins que nécessitait la maladie de sa mère avaient épuisé toutes ses ressources et toute son énergie, physique et mentale. Cela faisait un moment qu'elle n'avait pas eu de nouvelle commande, après son mariage raté et le scandale qui s'était ensuivi. Elle avait des mois de retard sur le loyer de la boutique et beaucoup de difficultés à régler celui de son appartement. Mais si ce Nairo Moreno avait vraiment envie qu'elle dessine la robe de mariée de sa sœur et les toilettes des demoiselles d'honneur et des enfants — et ils étaient nombreux — cela devrait lui permettre de se tirer d'affaire et de sauver sa réputation, ses finances et peut-être même la vie de sa mère.

Joy avait engagé contre le cancer qui la minait une bataille longue et difficile. Les opérations et la chimiothérapie l'avaient affaiblie et usée, mais elle commençait à s'en remettre. Le moindre choc, le moindre stress pouvait constituer un danger, et après tout le temps qu'elle avait mis à reconstruire leur relation, si durement ébranlée dix ans plus tôt, Rose ne se résolvait pas à penser que tout puisse être anéanti, une fois de plus.

Son aristocratique visiteur était sur le point d'arriver. Tout en tapotant nerveusement de son stylo son agenda, elle fit la grimace en voyant la pluie ruisseler sur les vitres de l'atelier. Ce n'était pas le jour rêvé pour imaginer un mariage d'été.

Jett détestait la pluie, tout particulièrement dans leur squat sans chauffage, et ils avaient passé bien des journées pluvieuses blottis l'un contre l'autre…

Soudain submergée par un flot de sombres souvenirs, elle lâcha son stylo qui roula sous une vitrine.

— Zut !

Elle s'accroupit et passa la main sous le meuble pour tenter de le récupérer, sans réussir à l'atteindre. Au même moment, elle entendit la porte s'ouvrir derrière elle et une bouffée d'air froid l'avertit que quelqu'un venait d'entrer.

— Excusez-moi. Une seconde…

— *De nada.*

Une voix terriblement sexy, chaude, profonde et teintée d'un merveilleux accent.

Évidemment ! L'aristocrate espagnol… Mais comment s'appelait-il, déjà ? Soudain, elle prit conscience de sa posture et, dans son effort pour saisir le stylo, elle heurta de la tête le bas de la vitrine.

Nairo était ravi de contempler ce charmant postérieur. Il s'adossa à la porte et croisa les bras tandis que son pouls se mettait à battre plus vite, au rythme du sang qui courait dans ses veines.

S'il cxistait unc chosc qu'il n'avait pas anticipée en imaginant ce pénible voyage en Angleterre, c'était bien la possibilité d'y goûter le moindre plaisir des sens. Il y avait tant à prévoir et à organiser en Espagne, tant d'exigences formulées par ses futures belles-sœurs qu'il ne s'était autorisé que deux jours de liberté loin de tout le tumulte et le chaos que suscitait ce « mariage du siècle ».

Mais soudain, devant le ravissant spectacle qui s'offrait à ses yeux, il s'autorisa à reconsidérer l'affaire.

Cela faisait si longtemps — trop longtemps — qu'il n'avait pas goûté le plaisir de partager son lit avec une femme. La maladie qui avait emporté son père, l'engagement qu'il avait pris de travailler dur sur les propriétés familiales pour restaurer la fortune déchue des Moreno et maintenant, bien sûr, les fiançailles d'Esmeralda et son projet de mariage ne lui avaient guère laissé le temps de souffler.

Soudain, la perspective de se détendre durant quelques jours, même dans Londres si grise et si pluvieuse, lui semblait terriblement attirante.

— Je l'ai !

Le triomphe, dans la voix de l'inconnue, le fit sourire, mais ce sourire s'éteignit brusquement sur ses lèvres quand elle tourna la tête vers lui.

Red...

Ces cheveux roux qui l'obsédaient encore... Mais ils n'étaient plus du roux éclatant qu'il avait tant aimé jadis, lorsqu'elle occupait toutes ses pensées, tous ses rêves. Ce roux-là semblait plus foncé, auburn, tirant vers le bronze.

Red...

L'écho de sa propre voix faisait surgir dans sa mémoire des souvenirs profondément enfouis. Il s'était tant battu pour les écarter, tout en cherchant à remettre un semblant d'ordre dans sa vie fracassée. La dernière chose qu'il souhaitait, c'était bien de voir surgir des souvenirs de cette époque où il avait vécu à Londres et connu tant de problèmes.

Scarlett. Le nom de la boutique — la styliste qu'Esmeralda lui avait demandé de retrouver — lui avait remis en tête toute cette histoire.

— Excusez-moi. Je... Aïe !

Un cri de douleur arracha Nairo à ses pensées.

Elle avait relevé trop vite la tête dans sa joie d'avoir retrouvé l'objet qu'elle cherchait et s'était cognée au bord de la vitrine. Aussitôt, il se pencha pour lui tendre la main.

— Si vous permettez…

— Merci…

Le choc au front contre la vitrine lui avait fait venir les larmes aux yeux et, en se redressant, elle cligna très fort des paupières pour les résorber, attirée tout contre son visiteur. Si près qu'elle le frôla avant de réussir à reprendre l'équilibre.

Elle frémit en sentant la proximité de ce corps puissant et viril, et la fragrance musquée de cette peau mâle à laquelle se mêlaient les effluves d'une eau de toilette citronnée produisit sur ses sens un effet dévastateur, encore accentué par la fraîcheur de la pluie et du vent qu'il apportait de l'extérieur.

Soudain bouleversée, elle fut envahie par le souvenir d'un mot, d'un homme, d'un moment.

Jett… Le nom avait surgi de sa mémoire.

Non !

Pourquoi pensait-elle à lui en cet instant ? Cela faisait presque dix ans qu'elle s'était enfuie du squat dans la nuit. Dix ans au cours desquels elle s'était reprise en main et avait reconstruit sa vie jusqu'à devenir la femme que cet aristocrate espagnol venait consulter pour qu'elle dessine la robe de mariée de sa sœur.

Ce contrat, elle en avait besoin. Désespérément. Pour la deuxième fois, on lui demandait de créer une robe qui ne serait pas destinée au marché local. Comme celle que portait son amie Marina Marriot le mois précédent, lors de son mariage avec un acteur en vogue.

— Ce n'est rien… Merci.

— *De nada.*

De nouveau cette voix si sexy fit surgir de sa mémoire le souvenir d'un autre homme à l'accent tout aussi exotique.

Mais comment Jett aurait-il pu porter le costume raffiné qu'arborait cet homme si élégant, si puissant, si superbe ? Un costume sur mesure qui mettait en valeur la largeur de ses épaules et de son torse, la minceur de ses jambes. Sans parler de ses chaussures cousues main et impeccablement cirées. Jamais Jett n'avait possédé de costume. À peine, tout comme elle, avait-il de quoi se changer. Le T-shirt et le jean qu'elle portait quand elle avait quitté la maison où elle s'était réfugiée pour échapper à son beau-père lui servaient de paravent pour délimiter l'espace qu'ils appelaient par dérision leur chambre à coucher.

Ses yeux étaient secs, désormais, et elle pouvait mieux distinguer les traits marqués de cet homme, le plus étonnant qu'elle ait jamais vu. Des yeux d'ambre ombrés de cils sombres et incroyablement longs, qui la fixaient d'un regard brûlant. Des pommettes saillantes, des joues minces marquées d'une barbe naissante et une bouche invitant au péché, chaude, sensuelle, une bouche aux lèvres pleines ouvertes sur des dents éclatantes.

Cette bouche, elle avait l'impression d'en connaître le contact, le goût…

Soudain, la pièce se mit à tanguer.

— *Jett…*

Plus question de nier. Le nom lui avait échappé dans un souffle au moment où elle avait enfin réalisé qu'il était cet homme qui avait jadis empli toute sa vie et qui hantait encore ses nuits. Même après qu'elle l'eut fui, son souvenir occupait encore ses pensées, l'éveillant en sursaut, en nage, le cœur battant à se rompre. Cet homme, elle avait pourtant dû le livrer à la police quand elle avait appris d'où venait l'argent qui avait surgi entre ses doigts, et assumer les conséquences de ses actes.

— Jett ? répéta-t-il en la dévisageant d'un regard froid.

Sa bouche se durcit et il fit un pas en arrière.

— Red… J'ignorais que tu travaillais dans cette boutique.

Il était donc venu là par hasard, en quelque sorte, et non pas pour l'y chercher ? D'ailleurs, pourquoi aurait-il voulu la retrouver après tant d'années ? Cette idée ne calma pas les battements de son cœur ni cette curieuse sensation au creux de son estomac. Ainsi, sa présence n'était qu'un nouveau tour cruel que leur jouait le destin…

Brusquement, elle se souvint qu'elle était seule avec lui dans la boutique. Louise n'était pas dans le bureau, à portée de voix, et à cette idée elle sentit son dos et ses épaules se crisper.

— Et moi, j'ignorais que tu travaillais pour Nairo Moreno.

La bouche de Jett sembla esquisser un demi-sourire bizarre, froid et plein d'ironie, et elle eut l'impression que son regard la transperçait pour la clouer sur place.

— Je ne travaille pas pour lui… Je suis Nairo Moreno, ma chère Red, et je suis venu ici pour rencontrer Mme Cavalliero.

Son sourire s'élargit et se fit plus sombre encore.

— Tu as donc cru que c'était pour toi que j'étais là ? Que je t'avais pourchassée durant toutes ces années, bien décidé à te retrouver ?

En effet, c'est ce qu'elle avait dû s'imaginer, se dit Nairo, cela se lisait sur son visage. La jeune fille qu'il avait jadis connue sous le nom de Red avait toujours été jolie, mais jamais il n'aurait cru qu'elle deviendrait cette femme à la fois classe et sexy qui se tenait devant lui.

Le derrière rebondi qui avait attiré au départ toute son attention n'était pas le seul atout d'une silhouette mince et élancée que mettaient en valeur une chemise de dentelle crème et une jupe crayon moulante bleu marine. Sa chevelure dont la couleur vibrante et éclatante lui avait jadis valu son surnom était maintenant d'un auburn plus doux et plus subtil, même si elle restait illuminée de reflets cuivrés. Ses yeux verts en amande avaient gardé leur charme félin, qu'accentuait encore un maquillage subtil qu'elle n'aurait jamais pu s'offrir autrefois.

D'un mouvement de la tête, il tenta de balayer les

souvenirs de son passé obscur. Dans le monde où il vivait désormais, elle n'avait plus sa place, cette Red qui avait bien failli, dix ans plus tôt, ruiner totalement sa vie. À cette époque, il était si naïf qu'il avait cru tout perdre, durant quelques nuits de passion débridée. Pour découvrir ensuite qu'il ne comptait pour rien au regard de la récompense promise, prix de sa trahison.

— Dix ans, c'est très long, tu ne trouves pas ? Pourquoi, brusquement, aurais-je éprouvé le besoin de te revoir ? Tu peux être tranquille sur ce point, Red, ce n'est pas toi que je suis venue voir, mais ta patronne.

— Ma patronne ?

— *Si*. Mme Rose Cavalliero. La propriétaire de cette boutique. La fameuse styliste…

D'un geste impérieux, il désigna les deux robes superbes disposées sur des mannequins, dans un coin de la pièce. Évidemment, se dit Rose, il était là pour parler de la robe de mariée de sa sœur et il la prenait pour une simple vendeuse. Il ne pouvait pas imaginer que « Scarlett », c'était elle, que c'était à elle qu'il allait devoir passer commande.

Jamais elle ne pourrait travailler pour lui, malgré la notoriété évidente que cela apporterait à son affaire. Mais cela en valait-il la peine ?

Tout l'argent du monde ne pourrait pas compenser le temps qu'il lui faudrait passer avec Jett — ou plutôt Nairo, comme il se faisait appeler désormais. Même s'il n'était pas venu pour se venger, il était évident qu'il avait du mal à faire preuve du minimum de politesse à son égard.

Comment allait-elle parvenir à se tirer de ce mauvais pas ?

— Et elle, où est-elle ?

La question avait été formulée d'un ton sec et froid, et Rose sentit le malaise l'envahir en observant la dureté de son visage. La colère qu'elle lisait dans ses yeux lui serrait la gorge. Si elle avait su qui était ce Nairo Moreno, jamais elle n'aurait accepté ce rendez-vous.

Évidemment, il n'avait pas compris qui elle était. Une seconde, l'envie de lui révéler qu'elle possédait cette boutique et que la styliste qu'il désirait tant rencontrer, c'était elle, prit le pas sur son instinct de conservation. Mais mieux valait se débarrasser de lui avant que sa présence maléfique ne vienne ruiner son présent comme il avait ruiné son passé.

— Elle a dû s'absenter. Sa mère est malade.

Ce n'était pas un mensonge, et face à cet homme elle devait se tenir au plus près de la vérité sous peine de se trahir elle-même.

— Elle n'a même pas pensé à m'envoyer un message pour me prévenir ? s'enquit-il sur un ton de froide colère. Quel manque de rigueur en affaires !

— Il s'agissait d'une urgence. On l'a appelée à l'improviste.

— Je vois, répondit-il, visiblement exaspéré avant de consulter sa montre.

Une montre de platine que l'homme qu'elle avait connu jadis n'aurait jamais pu s'offrir.

À moins que…

— Je suis certaine qu'elle va reprendre contact, s'empressa-t-elle d'affirmer.

Oui, quand elle aurait trouvé une excuse, une bonne raison de ne pas donner suite à sa proposition. Un motif qu'elle ne serait pas forcée de lui annoncer en personne. Mais en ce moment, tout ce qu'elle voulait, c'était qu'il sorte de sa vie, définitivement. Et pour de bon, cette fois-ci.

— Dans ce cas, dis-lui que j'attends son message, répondit-il d'une voix où la colère avait fait place à la menace.

Le cœur de Rose se mit à battre si fort qu'elle en eut le souffle coupé.

— Je ne manquerai pas de l'en avertir, répondit-elle d'une voix trop aiguë qui trahissait son trouble.

Incapable de croiser son regard scrutateur, elle se dirigea vers la porte en veillant à rester hors de portée de ses mains. Des mains aux longs doigts élégants et sensuels qu'elle aurait préféré avoir oubliées, même si elle sentait tout son corps frémir de nouveau, malgré elle, au souvenir de leur contact.

— Je te le conseille.

Ce n'était pas ainsi qu'il avait imaginé cette journée, songea Nairo en regardant la nouvelle Red marcher vers la porte et l'ouvrir, son corps mince crispé dans une attitude de rejet. L'entrevue avec une styliste à la mode qu'il avait imaginée n'avait pas eu lieu, et à la place il s'était trouvé confronté aux souvenirs du passé émergeant de la boue dans laquelle il le croyait définitivement enfoui.

Il se força à se rappeler comment cette femme avait mis sa vie sens dessus dessous et sali son nom, au moment même où il tentait de regagner l'estime de son père, avant de le trahir et de l'abandonner sans état d'âme.

Mais ce qu'il ne pouvait s'empêcher de se rappeler, c'était la douceur de sa peau et la tiédeur de son corps, quand elle se blottissait contre lui sur le lit défoncé qui constituait tout le mobilier de leur chambre. Il reconnaissait son odeur si particulière, unique — même si aujourd'hui elle était en partie masquée par la fraîcheur acidulée de son parfum —, une odeur qui réveillait en lui un désir qu'il avait passé les dix dernières années à tenter d'oublier. Certes, il avait étanché ses besoins de mâle, mais sans jamais réussir à les assouvir.

— Dès que je la verrai.

Elle revint sur ses pas comme pour l'inciter à quitter plus rapidement les lieux. Mais elle semblait si désireuse de le voir partir qu'avec une sorte de perversité il prit un malin plaisir à s'attarder.

Il la sentait submergée par un flot dévastateur de souvenirs brûlants qui la troublaient tout autant que sa présence. Il le lisait sur son visage, dans le trouble de ses yeux aux pupilles si dilatées qu'elles cachaient presque le doux vert de ses iris. Sa respiration était haletante, peu naturelle et, sous sa peau pâle et transparente, une veine battait à la base de son cou, rapide et irrégulière.

Cela provoqua en lui une réaction instinctive et il décida de rester, au lieu de partir comme elle le désirait de façon si évidente.

— Quel manque de professionnalisme ! murmura-t-il, heureux de voir sa bouche se crisper.

Comment, après tant d'années, pouvait-il encore se souvenir du goût de cette bouche et de la tiédeur de ces lèvres quand elles s'ouvraient sous les siennes ?

— Elle… Elle est tellement sollicitée que, parfois, elle a du mal à gérer…

— Au point de risquer de perdre un contrat d'une telle importance ?

Rose ne put s'empêcher de tressaillir en entendant cette pointe acerbe. Quelques instants plus tôt, elle considérait encore le contrat Moreno comme la chance de sa vie, une bouée de sauvage qui avait atterri sur son bureau enveloppée d'un papier cadeau. Mais maintenant qu'elle avait ouvert le paquet, elle n'y avait trouvé que des cendres noires où se lovait un serpent venimeux prêt à l'attaque.

Il fallait absolument qu'elle échappe à ce contrat, mais pour l'heure, l'important, c'était de se débarrasser de Jett et de réfléchir au moyen de s'en sortir sans ruiner définitivement sa réputation professionnelle.

— Je ne peux rien dire à ce sujet.

C'était la chose la plus honnête qu'elle lui ait dite depuis qu'il était entré, et cette franchise donnait à sa voix une force nouvelle.

— Donc, si cela ne t'ennuie pas... Maintenant, je te demanderai de bien vouloir me laisser. J'ai beaucoup à faire.

Il lui adressa un sourire si sombre et si diabolique qu'elle sentit un frisson lui courir dans le dos.

— Mais nous venons à peine de nous retrouver, dit-il sur un ton d'une insupportable ironie.

— Visiblement, durant ces dix années, je ne t'ai pas beaucoup manqué.

Erreur, songea-t-elle aussitôt. On aurait dit qu'elle le regrettait. La dernière chose qu'elle voulait, c'était qu'il croit que lui, il lui avait manqué. Mais tout son courage s'était évanoui, la laissant faible et désemparée, effrayée à l'idée de ce qu'elle risquait de déclencher si elle le défiait ouvertement.

— J'aurais bien aimé pouvoir dire que j'ai été ravie de te revoir, mais ce serait mentir. Et maintenant, je dois te demander de me laisser. Ce soir, nous organisons un défilé et il faut que je me prépare.

Il était irrité au plus haut point de la sentir si désireuse de le voir partir. Autrefois, il l'avait vraiment dans la peau et voilà qu'aujourd'hui qu'ils se croisaient à nouveau, elle n'avait qu'une idée en tête : se débarrasser de lui le plus vite possible.

Un instant, il fut tenté de rester là, mais il prit rapidement conscience que ce n'était pas le moment. Pas encore. Il savait où elle était et elle n'allait pas se sauver. Mieux valait attendre d'en savoir davantage à son sujet pour mieux profiter de sa vengeance.

Oui, il allait ébranler sa vie comme elle avait ébranlé la sienne en le quittant pour laisser derrière elle un chaos dont il avait mis des années à se remettre.

Il se contenta d'acquiescer à sa remarque d'un signe de tête et s'amusa de voir sa bouche et ses épaules se détendre légèrement, signe de soulagement, lorsqu'elle crut qu'elle allait enfin être débarrassée de lui.

— Peux-tu dire à Mme Cavalliero que notre rendez-vous tient toujours et que j'espère la rencontrer dans les plus brefs délais ?

S'il n'avait tenu qu'à lui, il se serait bien dispensé de voir cette styliste et se serait contenté de régler ses comptes avec cette femme qu'il avait toujours connue sous le nom de Red. Mais il avait fait une promesse à Esmeralda et il ne voulait faire courir aucun risque à sa santé, ce qui aurait pu arriver s'il manquait à sa promesse.

Donc, d'abord s'occuper de cette fichue robe — la tenue de rêve de sa sœur. Puis il réglerait ses comptes avec Red. Il avait attendu dix ans, il pouvait bien attendre encore un peu.

En la voyant devant la porte, le dos droit, les épaules crispées, le menton relevé en signe de défi, il sentit une nouvelle vague de nostalgie le submerger.

Il s'arrêta soudain, presque malgré lui, et remarqua qu'elle avait du mal à respirer et que tous les muscles de son corps mince étaient tendus. Au-dessus de la ceinture brodée qui lui serrait la taille, ses seins rebondis palpitaient au rythme de son souffle halctant.

— Red…

Si seulement il avait su à quel point elle détestait maintenant ce surnom ! Le regard de cet homme, telle une flamme, la clouait sur place sans qu'elle puisse lui échapper, et elle était incapable de détourner les yeux. Lentement, il leva la main et effleura sa pommette droite.

— Jamais je n'aurais imaginé te revoir un jour, murmura-t-il. C'était… intéressant… de se retrouver comme ça.

— *Intéressant*. Personnellement, ce n'est pas le mot que j'aurais employé.

Aussi dévastateur qu'un tremblement de terre, lui aurait paru plus approprié. Par le passé, elle avait tant de fois rêvé de cette rencontre, sans cesser néanmoins de la redouter.

— Mais je dois t'avertir : je ne suis plus l'homme que j'étais alors.

— Je m'en suis aperçue. Surtout si Moreno est ton véritable nom, lança-t-elle comme un défi.

— Jett n'a jamais été qu'un surnom. Moreno est mon nom de famille, même si autrefois je ne l'utilisais jamais.

Soudain son humeur parut changer et son regard s'assombrit.

— Ils ont fini par me relâcher, dit-il. Ils n'avaient aucune preuve contre moi.

La tension de son visage démentait le calme de sa voix. Mais comment diable Jett avait-il pu se transformer en Nairo Moreno ?

L'homme qui se tenait devant elle était très loin du jeune voyou aux cheveux en bataille qu'elle avait connu jadis. Le voyou qui lui avait volé son cœur pour le briser quelques semaines après... Était-il vraiment ce descendant d'une famille aristocratique espagnole qu'il prétendait être aujourd'hui ? Ou bien avait-il acheté sa richesse et sa position sociale par les mêmes méthodes dont elle l'avait vu user autrefois ? Elle avait beau n'avoir aucune preuve du crime dont elle le soupçonnait, en dix ans il avait visiblement fait son chemin, avec une détermination peu commune.

Elle préférait ne pas trop s'y attarder, mais c'était quand même une excellente raison de renoncer à dessiner une robe pour quelqu'un de sa famille.

— Ne parle à personne de l'époque où nous nous sommes connus.

Il avait lancé cet ordre de sang-froid, comme pour l'avertir de ce qu'il adviendrait si elle était assez folle pour révéler à quiconque ce qu'il voulait garder caché.

— Pas même à Mme Cavalliero ?

— Elle n'a pas besoin de l'apprendre.

Mme Cavalliero savait déjà tout du passé de Nairo Roja Moreno. Et elle aurait de loin préféré ne rien en connaître.

— Je ne lui dirai rien, reprit-elle.

— C'est ce que tu as de mieux à faire.

Le doigt posé sur sa pommette descendit lentement vers sa mâchoire pour s'arrêter au coin de sa bouche tandis qu'il dévisageait Rose.

Elle se força à ne pas détourner la tête pour échapper à ce contact. Elle aurait voulu bouger, désespérément, s'enfuir, mais en même temps ce geste si familier faisait resurgir en elle tant de souvenirs, la chaleur de ses paumes sur sa peau, le goût de sa bouche…

— Ôte ta main, souffla-t-elle comme pour exorciser ces douloureux souvenirs. Je ne t'ai pas autorisé à me toucher et je…

En l'entendant rire, elle s'interrompit, incapable de continuer. Délibérément, il se mit à lui caresser le visage du dos de la main.

— Je t'ai dit d'arrêter ! s'écria-t-elle en détournant la tête.

Il se remit à rire mais ôta sa main, les yeux brillants d'un éclat moqueur.

— *Querida*, je trouve vraiment que tu exagères. Autrefois, ce n'était pas du tout le cas. Je me rappelle une époque où tu me suppliais de te toucher.

— Tu dois avoir une excellente mémoire, car c'était il y a très longtemps.

— Pas tant que ça, lança Nairo avec un bref sourire. Et ce sont des moments qu'on n'oublie pas.

— Vraiment ? J'ai bien peur que ma mémoire ne soit pas aussi bonne que la tienne et, en tout cas, ce ne sont pas des moments que j'aimerais revivre, dit-elle en s'écartant pour lui ouvrir la porte.

Elle n'aurait pu supporter de croiser son regard, de voir son reflet dans ses yeux brûlants dont l'éclat la faisait chanceler.

— Je ne manquerai pas de faire part à Mme Cavalliero de tout ce que tu m'as dit.

— Sauf que tu m'as connu jadis.

Comment pouvait-il injecter tant de poison dans ces quelques malheureux mots ? Le beau-père qu'elle avait fui pour finir dans ce squat avait eu beau tempêter et rugir en proférant d'horribles menaces, jamais il n'avait réussi à la déstabiliser autant que cette voix, calme et impérieuse.

Une fois encore, elle vit sa main s'approcher de son visage, mais au moment où elle craignait de ne plus pouvoir se contrôler, il la laissa retomber en lui adressant un bref sourire, à la fois brûlant et glacial, sans la moindre trace d'émotion.

— On se recroisera bientôt, Red.

— Pas si c'est moi qui te vois la première.

Sa réponse se perdit dans le vide car il avait déjà disparu dans la grisaille et la pluie, sans un regard en arrière.

Elle s'adossa au mur et laissa la porte retomber, comme si seule sa présence l'avait maintenue debout. Il était parti. Et elle se retrouvait libre et en sécurité — pour l'instant du moins. Mais ce n'était qu'un répit provisoire. Pas question de revoir Jett — ou plutôt Nairo Moreno — tant qu'il continuerait à exiger un rendez-vous avec Rose Cavalliero. Pour le moment, il ne savait pas encore qui elle était, mais il ne tarderait pas à l'apprendre. Il lui suffirait d'additionner deux et deux et, dès qu'il l'aurait fait, il serait de retour.

Il fallait absolument qu'elle se débarrasse de lui car son intrusion lui était insupportable. Et pas seulement en raison du passé, mais aussi de l'effet qu'il avait encore sur elle aujourd'hui.

Lentement, elle leva la main et posa le doigt là où ceux de Nairo l'avaient touchée. Elle s'attendait presque à ce qu'ils y aient laissé une marque, comme si elle lui appartenait encore. N'avait-il pas déjà fait ce geste, des années plus tôt ? En la touchant, il l'avait enfermée dans une prison sensuelle dont elle n'avait jamais pu se libérer. Même aujourd'hui, après tant d'années, il pouvait encore envahir sa vie et, si elle n'y prenait pas garde, la laisser en ruine.

2.

Jamais il n'aurait dû la toucher.

Nairo se glissa sur la première place de parking venue et freina plus brutalement qu'il n'en avait l'habitude avant d'éteindre le moteur. Durant tout l'après-midi, il avait eu le plus grand mal à se concentrer, ce qui n'était pas dans ses habitudes, et il avait l'impression d'être sous l'emprise d'une forme de folie. Le bout des doigts lui brûlait encore à l'endroit où il l'avait touchée, même si cela faisait des heures qu'il avait quitté la boutique, laissant Rose derrière lui. Il était certain que, s'il approchait la main de son visage, il sentirait encore son parfum, ce mélange frais et unique d'odeur féminine et d'effluves floraux discrets.

Depuis qu'il avait découvert qui elle était, il avait l'impression d'être en permanence enveloppé d'un nuage de ce parfum. Exactement comme lorsqu'ils étaient devenus amants. Dans le squat, elle se lavait tous les jours, même si l'eau était glacée, et seule l'odeur de sa peau dans cette petite pièce sordide évoquait la fraîcheur et la propreté.

Chaque matin, en se réveillant, il la trouvait blottie contre lui, avec sa douce chevelure, plus longue et plus rousse qu'aujourd'hui, qui lui tombait sur le visage, et cela lui donnait l'impression que la vie valait la peine d'être vécue, alors qu'il avait de sérieux doutes à ce sujet.

Elle aussi avait ses propres problèmes : en fuyant un beau-père violent et abusif et une mère trop faible pour la protéger, elle lui avait fourni une bonne raison de se réveiller chaque matin — ne serait-ce que parce que se réveiller, le plus souvent, voulait dire la prendre dans ses bras et s'abandonner à la passion ardente qui le dévorait.

Pour elle, il en était même venu à envisager de changer de vie.

— Changer pour elle, quelle farce !

Ces mots s'échappèrent de ses lèvres au moment même où il poussait la porte du lieu où était organisé le défilé de tenues de mariage, trahissant la souffrance que généraient ces souvenirs, plus corrosifs qu'un acide.

Oui, il avait envisagé de changer tandis qu'elle, dans le même temps, l'avait quitté sans un regard en arrière. Pire, en partant, elle avait commis un autre forfait qui avait bien failli lui ôter toute chance de renouer avec sa famille.

La brûlure de ce souvenir faillit lui faire rebrousser chemin. Non, il ne voulait plus rien avoir à faire avec Red — même s'il ne réussissait pas à la chasser de son esprit. Sa trahison, sa désertion exigeaient une revanche, et pourtant, pas question d'accepter qu'elle l'obsède à nouveau. Après y avoir travaillé dur dix longues années, à peine venait-il de retrouver une forme de paix. Inutile d'aller de nouveau fourrer sa tête dans la gueule du lion…

Pourtant, il restait prisonnier de la promesse faite à Esmeralda. Il avait juré de lui ramener cette styliste qui lui tenait tant à cœur et il ne manquerait pas à sa parole. Une fois le contrat signé et sa sœur heureuse, il pourrait s'occuper de Red.

Au bout du couloir, un brouhaha de voix l'avertit du lieu où se tenait l'événement et il se dirigea vers la porte de verre.

Le bruit des conversations le frappa moins que les lourds effluves de nombreux parfums mêlés. La pièce était remplie de femmes de tous âges. Il y avait des fleurs partout, et au centre se dressait un petit podium parqueté de blanc, menant à un rideau de velours pourpre. Les fleurs multicolores, le rideau, les robes, tout lui semblait se brouiller dans un kaléidoscope étincelant.

— Et maintenant, mesdames, encore de nouvelles découvertes…

La voix lui était familière et il eut du mal à retenir une exclamation. Encore elle !

Lorsqu'il l'avait revue dans la boutique, il s'était dit que Red était devenue une belle femme, mais maintenant… Maintenant, dans cette robe chemise raffinée bleu paon, simple et sans manches, qui moulait élégamment ses seins et ses hanches et mettait en valeur la minceur de ses jambes superbes, elle était sublime.

Il avait cru l'avoir chassée de son esprit — ou du moins il s'y était efforcé. Mais il avait suffi d'un regard, d'une caresse pour qu'il se retrouve captif de nouveau. Quand elle n'était qu'une fluette adolescente, il l'avait déjà dans la peau, mais maintenant qu'elle avait mûri, il était dévoré d'un désir inédit. Autrefois, il avait été assez naïf pour y voir un tendre sentiment, parce qu'il croyait encore aux sentiments. Mais il avait vite appris la leçon.

Maintenant, il aurait voulu oublier avec quelle tendresse il avait jadis tenu son joli pied dans sa main pour le porter à sa bouche et embrasser chaque orteil délicat avant de remonter vers ses jambes, sous sa jupe…

Infierno ! Une bouffée de chaleur importune envahit son bas-ventre tandis que son cœur battait plus vite à l'évocation de ce souvenir érotique. Il secoua violemment la tête pour tenter de le chasser, attirant l'attention des femmes qui l'entouraient. Leurs visages stupéfaits et leurs regards ébahis trahissaient la surprise que faisait naître sa présence inattendue dans cet environnement exclusivement féminin.

Nairo était bien décidé à les ignorer — dans cette assemblée, seule Red l'intéressait et bien sûr la styliste, où qu'elle se trouve. Son regard était rivé au podium et à la femme dont la chevelure rousse resplendissait sous les projecteurs.

Rose saisit le micro pour faire une annonce.

— En avant-première, j'aimerais vous donner un aperçu de ma collection de printemps…

Ma collection !

Les mots explosèrent dans la tête de Nairo, balayant toute autre pensée. Évidemment. Quel imbécile il était ! Comment n'avait-il pas compris ? Tout était pourtant clair, mais il était si obnubilé par la mission dont l'avait chargé Esmeralda et si ébahi de se retrouver nez à nez avec Red après tant d'années qu'il n'avait rien deviné.

Red. Scarlett… Le nom sur la vitrine. Et le nom de la styliste : Rose Cavalliero. Ces deux femmes ne faisaient qu'une !

Soudain, le rideau de velours s'écarta et un mannequin surgit sur le podium, accueilli par des exclamations de plaisir et d'admiration. Une beauté délicate vêtue d'une robe de mariée de conte de fées, toute de dentelle et de soie.

Pourtant, Nairo ne lui jeta qu'un bref regard, incapable de se concentrer sur autre chose que sur la femme qui se tenait à côté du podium, un micro à la main, évoquant traînes, broderies et corsages.

Il ne pouvait penser qu'à elle, sa Red, alias Rose Cavalliero…

La styliste talentueuse de Scarlett, celle à qui sa sœur rêvait de confier la création de sa robe de mariée. La fille qu'il avait jadis connue sous le nom de Red était la femme avec qui il avait rendez-vous à Londres et qu'il devait convaincre de l'accompagner en Espagne…

Soudain, le décor féminin si étranger à son propre univers et ce mélange entêtant de lourds parfums disparurent, et il se sentit transporté dans la maison de son enfance, un château aux hauts murs, le bien mal nommé Castel Corazón. Avec, comme autrefois, l'impression d'être pris au piège.

Dans son adolescence, il avait éprouvé cette sensation d'être traqué quand sa nouvelle belle-mère avait insisté pour le présenter à toutes ses relations féminines — des veuves ou les filles de ses amies, dont certaines avaient d'ailleurs été les maîtresses de son père. Elles s'étaient presque jetées sur lui, l'encerclant comme une nuée de prédatrices outrageusement maquillées. Tout jeune, il avait appris à distinguer la franchise de l'hypocrisie.

C'est du moins ce qu'il avait cru.

Dans les yeux verts de Red, il n'avait pas décelé le mensonge, et il avait été stupéfait de découvrir qu'elle l'avait trahi.

— Et peut-être, pour une mariée plus mûre, cette tenue élégante…

La voix claire et assurée portait loin, elle n'avait pas besoin de micro, mais ce n'était pas le mannequin sur le podium que regardait Nairo. C'était la femme qu'il avait vue dans la boutique le matin même.

Cette fois encore, elle l'avait trompé. Elle savait parfaitement qui il était, elle savait qu'il était venu la voir, elle, et pourtant elle lui avait laissé croire qu'elle n'était qu'une vendeuse et que Rose Cavalliero était quelqu'un d'autre.

Au lieu de lui dire la vérité, elle avait préféré esquiver le problème avant de se défausser dans un e-mail aussi bref que courtois.

Sans la quitter des yeux, Nairo se souvint du message qu'il avait reçu à l'hôtel une heure et demie plus tôt. Rose Cavalliero était désolée, mais elle craignait de ne pas pouvoir lui accorder un nouveau rendez-vous. Elle le priait de bien vouloir l'en excuser, mais pour le moment elle ne prenait aucun nouvel engagement. Elle regrettait beaucoup de l'avoir fait venir à Londres pour rien, mais elle devait se consacrer entièrement à sa mère…

Un message courtois mais très dissuasif. Ce qui prouvait bien qu'elle avait quelque chose à cacher.

— Et voici le clou de la collection de printemps, que j'ai appelé Robe de Princesse…

Peut-être à cause du nom, ou des murmures appréciateurs qui l'accueillaient, Nairo leva les yeux vers le podium et vit le nouveau modèle émerger du rideau écarlate.

Au même instant, il comprit pourquoi Esmeralda avait tant insisté pour que sa robe soit dessinée par cette styliste-là. Si elle était capable de donner à toutes ces femmes une allure aussi magique, que ne ferait-elle pas pour sa sœur ? Elle allait transformer cette jeune fille timide et mal assurée en une véritable beauté — la princesse qu'elle rêvait d'être — et lui insuffler la confiance qui lui manquait pour affronter sans peine la famille si critique et si exigeante du duc Oskar. Oui, il devait bien cela à sa sœur.

Un souvenir lui revint en mémoire, l'image d'Esmeralda à son retour d'Argentine, où son père l'avait envoyé en pénitence après sa rébellion d'adolescent. Sa sœur n'avait jamais été très grosse, mais il l'avait retrouvée si frêle et amaigrie qu'il avait eu peur de la briser en la serrant dans ses bras. Il avait alors compris qu'elle était anorexique et il avait mis des mois à la convaincre de cesser les restrictions qu'elle s'imposait et à lui redonner un peu d'appétit.

À ce moment, il s'était juré de ne plus jamais l'abandonner et de tout faire pour la rendre heureuse, quoi qu'il lui en coûte, et pour la garder en bonne santé. C'est pourquoi il lui fallait à tout prix ramener avec lui Rose Cavalliero, même si cette femme l'avait trahi bien des années plus tôt.

Une fois que Rose serait dans leur château d'Andalousie, il tenterait de comprendre ce qui s'était passé. Alors, il serait définitivement débarrassé du désir qui le torturait et il lui montrerait ce qu'il avait éprouvé quand il s'était senti rejeté.

Il s'appuya au mur et croisa les bras, impatient de pouvoir s'expliquer enfin avec elle.

*
* *

Rose était si concentrée sur son défilé et si occupée à veiller à ce que tout se passe bien qu'elle n'avait même pas eu le temps de lever la tête en direction des invités. Mais une fois la parade finale des mannequins sur le podium terminée, elle se détendit un peu et jeta un coup d'œil dans la salle…

C'est à ce moment qu'elle le vit.

Comme c'était le seul homme dans la pièce, elle ne pouvait pas le rater. Entièrement vêtu de noir, il ressemblait à un sombre oiseau de proie au milieu d'une nuée de perruches tapageuses. Elle sentit ses yeux dorés se poser sur elle tel un rayon brûlant.

Il avait dû lire l'e-mail destiné à annuler leur rendez-vous car elle avait demandé un accusé de réception et savait qu'il l'avait ouvert. Mais il avait décidé de l'ignorer. Elle avait eu beau tenter de lui cacher qui elle était, elle avait échoué lamentablement. Et maintenant, il était là à l'attendre, les yeux fixés sur elle, telle une sombre sentinelle postée devant sa porte.

— Rose !

— Madame Cavalliero !

Elle prit conscience que son attitude silencieuse et figée étonnait ses invitées et s'efforça de se concentrer de nouveau sur elles. Au premier rang se trouvaient les célébrités et les journalistes qui devaient contribuer à la notoriété de sa nouvelle collection. Elle espérait que cela suffirait à assurer les ventes, à sauver son affaire et à payer le loyer des mois suivants. Et aussi à procurer à sa mère un lieu de vie confortable où elle puisse récupérer après ses traitements. Toutes deux venaient enfin de se retrouver, et Rose ne pouvait supporter l'idée que le temps leur était désormais compté.

Elle détourna la tête de la sombre silhouette postée devant la porte en s'efforçant de sourire de façon convaincante à la première journaliste qui se dirigeait vers elle — l'éditorialiste bien connue d'un magazine de luxe.

— Avez-vous des questions ? Je serais ravie d'y répondre.

— Je suis heureuse de vous l'entendre dire.

Ce n'était pas la journaliste qui avait prononcé ces mots mais une autre femme, une blonde qu'elle n'avait pas repérée auparavant. Rose sentit le cœur lui manquer. Cette femme, elle la connaissait et elle savait ce qui allait se passer.

— Ne trouvez-vous pas plutôt ironique de sortir votre nouvelle collection — avec toutes ces évocations d'amour éternel et d'heureux lendemains — au moment même où votre propre vie a pris une tournure bien différente ?

Le ton de cette voix était aussi mordant qu'un acide. Elle appartenait à Geraldine Somerset, qu'elle avait déjà rencontrée lors d'une réception donnée par Andrew, et que tout le monde considérait comme sa fiancée avant qu'il ne rencontre Rose.

— Je ne comprends pas…

— Je suis certaine que si.

Geraldine saisit un journal posé sur une chaise, et Rose n'eut pas besoin de le regarder pour savoir qu'il s'agissait d'un magazine people, ni pour deviner quel titre la femme voulait montrer à l'assistance. Celle-ci déplia le journal et le brandit au-dessus de sa tête pour que tout le monde le voie.

FAISEUSE OU BRISEUSE DE RÊVES ?

Rose connaissait les photos qui illustraient l'article puisqu'elle en avait reçu une copie dans sa boîte aux lettres quelques jours plus tôt. À gauche du texte, un cliché d'Andrew, tête basse, l'air sombre. À droite, elle-même, entrant dans sa boutique — l'enseigne de Scarlett était parfaitement identifiable — quelques heures après l'annonce de l'annulation du mariage.

— Vous avez vraiment envie d'acheter votre robe de

mariée à une femme qui a annulé son propre mariage trois jours avant la cérémonie ? s'écria Geraldine. Vous souhaitez confier la réussite du plus beau jour de votre vie à quelqu'un qui a brisé le cœur de son fiancé sur les marches de l'autel ou presque ?

— Ce n'est pas tout à fait comme ça..., protesta Rose, mais Géraldine continua.

— « *Faiseuse ou briseuse de rêves ?* », répéta-t-elle, visiblement ravie de ce titre qui était son œuvre.

Elle avait enfin obtenu ce qu'elle voulait. Dans l'assistance, l'ambiance avait changé et les murmures approbateurs qui avaient suivi la fin du défilé faisaient place à des commentaires acerbes. Les spectatrices repoussaient déjà leurs chaises pour se relever.

— Cela n'a rien à voir avec mon travail ! s'exclama Rose sans obtenir le moindre effet.

Grâce à son titre à sensation et à ses photos soigneusement choisies, Geraldine avait réussi à retourner l'opinion.

Rose avait oublié la présence de Nairo Moreno qui avait assisté en silence à l'incident, toujours adossé à la porte. En l'apercevant, elle perdit sa concentration et lui jeta un regard nerveux. Sa bouche sensuelle réduite à une ligne, dure et crispée, il contemplait tranquillement la scène. Il finit pourtant par se redresser, dominant l'assistance de sa haute taille.

— Cette femme n'a pas de chance. Elle salit tout ce qu'elle touche, lança Geraldine sans cesser d'agiter le journal au-dessus de sa tête. Qui aurait envie de lui demander de dessiner une robe ?

— Moi...

Froide et claire, cette réponse résonna dans la pièce au-dessus des murmures et des commentaires indignés, provoquant un silence assourdissant. L'assistance se figea soudain tandis que Nairo traversait la salle avec l'aisance redoutable d'un chat sauvage. La foule s'écarta devant lui et Geraldine s'immobilisa, tandis que les mots s'éteignaient comme d'eux-mêmes dans sa gorge au fur et à mesure qu'il se rapprochait.

Rose dut reprendre son souffle, l'œil aux aguets.

— Oui, moi, répéta-t-il.

Arrivé près de Geraldine, il lui prit le journal des mains et y jeta un bref coup d'œil avant de le froisser brutalement et de le jeter de côté d'un air de profond mépris.

— Moi, je vais commander à Mlle Cavalliero une robe pour une femme que j'aime et toute personne qui a des yeux pour voir ferait certainement de même, n'est-ce pas ? déclara-t-il en défiant du regard l'ensemble de l'assistance. Seul un imbécile peut douter de son talent, même si, en tant qu'homme, je ne suis pas expert en matière de mode…

Rose le contempla, sidérée, tandis qu'il haussait les épaules comme pour tourner en dérision cette incompétence qu'il assumait. Jamais le Jett qu'elle avait adoré n'aurait reconnu la moindre faiblesse, mais cet aveu plut aux femmes de l'assistance et suffit à les faire sourire. Quelques-unes l'approuvèrent même d'un hochement de tête.

— Même moi, je me rends compte que ces robes sont de véritables œuvres d'art.

Désormais, il tenait toute la salle dans le creux de la main et Rose comprit qu'il avait réussi à dissiper l'agressivité à son égard éveillée par Geraldine.

— Mademoiselle Cavalliero…

Nairo s'était rapproché et lui tendait la main. Durant un court instant, elle le regarda avant de comprendre qu'il voulait simplement l'aider à descendre du podium.

Elle avait grand besoin de cette aide, de la force et de la puissance de cette main ferme et chaude. Mais quand elle se fut refermée sur la sienne, elle éprouva comme une décharge électrique et se sentit soudain ramenée des années en arrière. Quand elle n'était encore qu'une petite adolescente stupide et un peu folle et qu'elle venait de rencontrer

Jett. Elle lui avait offert son cœur et sa virginité et il lui avait suffi de la toucher pour l'enflammer, corps et âme.

Après le froid glacial que lui avait causé le choc, elle sentait maintenant ses joues brûler à ce contact.

— Et maintenant, si nous parlions de la robe que vous allez créer pour ma sœur ?

Tout le monde les regardait et elle fut bien forcée de lui répondre. Il avait sauvé sa réputation, son affaire, et un claquement de porte le lui confirma : reconnaissant sa défaite, Geraldine venait de sortir de la pièce et — du moins l'espérait-elle — de sa vie.

Il avait appuyé sur le mot *maintenant*, mais elle devait être la seule à l'avoir remarqué. Il savait qu'elle avait tout fait pour échapper à l'engagement qu'il lui proposait et qui l'obligerait à travailler avec lui, pour lui, le temps nécessaire à créer la robe de sa sœur. Heureusement, ce n'était pas celle de sa future femme…

Mais autrefois, déjà, alors qu'elle avait cru avoir trouvé en lui un sauveur, il s'était révélé une menace qui avait bien failli la détruire. Alors, aujourd'hui, l'avait-il sauvée ou prise en otage ? Lui offrait-il la liberté et la sécurité, ou bien, telle l'araignée, ne cherchait-il qu'à l'emprisonner dans sa toile ? Désirait-il simplement qu'elle dessine une robe pour sa sœur ou lui tendait-il un piège ?

Pour le moment, tous semblaient considérer qu'il l'avait sauvée, et à cause de tous ces regards fixés sur elle, elle n'eut d'autre choix que de lui fournir la réponse qu'il attendait.

— Mademoiselle Cavalliero ?

Il avait prononcé son nom avec une certaine douceur, mais dans ses yeux brillait une lueur qui n'avait rien de tendre ni même d'aimable. Une lueur qui exprimait une détermination implacable et qui l'avertissait que, si elle ne se pliait pas à sa volonté, le sauvetage qu'il avait opéré se transformerait en une destruction totale.

Tant qu'elle lui obéirait, elle serait sauvée. Jadis, elle

avait connu bien des problèmes, mais aujourd'hui, en croyant échapper à de terribles difficultés, elle s'en était créé d'autres, plus angoissantes encore.

Elle tombait de Charybde en Scylla. Mais qu'aurait-elle pu faire d'autre ?

— Bien sûr, *señor* Moreno…, répondit-elle en esquissant un sourire crispé. Je serai ravie de discuter de ce projet avec vous.

3.

Nairo aurait dû répondre qu'il voulait discuter dès maintenant de la robe de mariée de sa sœur, mais à vrai dire il n'en avait aucune envie. Il se contenta donc d'attendre avec un sourire poli — apparemment patient — tandis que Rose s'entretenait avec les femmes qui espéraient pouvoir lui commander leur robe ou celle de leur fille. Le soutien que lui avait apporté Nairo semblait les avoir convaincues que Scarlett était la styliste qu'on s'arrachait.

Rose dut reconnaître que cela n'avait rien d'étonnant. Après tout, une brève recherche sur Internet avait suffi à lui faire prendre conscience que le mariage de la sœur de Nairo serait l'événement de l'année. Esmeralda Roja Moreno allait épouser un riche aristocrate autrichien, le duc Oskar Schlieburg, fils aîné du prince Leopold de Magstein, et son mariage donnerait lieu à des réjouissances nationales. À la pensée de la publicité et du prestige qui rejaillirait sur son affaire si son nom était cité en cette occasion, elle se sentait prise de vertige. Une véritable renaissance, qui avait d'ailleurs déjà commencé, se dit-elle en envisageant la liste de ses nouveaux clients potentiels.

— On dirait que ce défilé a été un succès, déclara froidement Nairo après le départ de la dernière cliente.

— C'est peu dire, répondit-elle d'un air distrait.

Elle avait été si absorbée par son travail qu'elle avait à peine remarqué sa présence. Après le départ de Geraldine, il l'avait observée en silence, assis au bord du podium, longue silhouette noire qui se détachait sur le décor blanc et argent. Elle aurait été stupide de croire qu'il était parti, car il était dans son intérêt de la soutenir. Maintenant, il allait exiger sa récompense…

Rose frémit en le voyant se lever pour se diriger vers elle et regretta d'avoir laissé partir toutes ses clientes.

— Il va te falloir désormais payer le prix de mon assistance, dit-il en fermant à demi les yeux.

Évidemment. Maintenant, c'est à Nairo Moreno qu'elle avait affaire. Un homme qui avait réussi à se reconstruire après leur jeunesse difficile et qui était désormais riche et puissant. Tout ce qu'il faisait devait avoir son prix, contrairement au Jett qu'elle avait abandonné, des années plus tôt.

— Comment, le prix ?

— Oh ! N'aie pas l'air si apeuré, ironisa-t-il. Je ne vais pas exiger ton corps en récompense de mon intervention, comme une forme moderne du fameux droit de cuissage.

Il s'arrêta juste assez longtemps pour qu'elle sente sa peau frémir sous la morsure de sa moquerie.

— D'ailleurs, ce ne serait pas si grave. Nous avons déjà fait ça tous les deux, n'est-ce pas, *querida* ?

Le douloureux souvenir de leur liaison et du don de sa virginité troubla Rose au point qu'elle dut chercher un siège pour s'y asseoir. Son innocence, elle avait pourtant été si heureuse de la lui offrir, sans la moindre hésitation, poussée par le désir brûlant qu'elle éprouvait pour lui, aveugle à tout sauf à la passion qu'il lui inspirait.

Son intervention avait eu beau sauver Scarlett, il pouvait lui reprendre en un clin d'œil ce qu'il avait décidé de lui donner. Si de nombreuses clientes l'avaient suivi, elles le suivraient tout aussi vite s'il décidait de se passer de ses services.

Elle devait se souvenir qu'il n'avait plus rien à voir avec le Jett qu'elle avait connu dix ans plus tôt. Ce n'était plus le même homme. Alors que Jett était frêle et mince comme un fil — à cette époque, dans le squat, ils ne mangeaient jamais à leur faim — Nairo était doté d'une puissante carrure et d'une force évidente.

Oui, il était vraiment devenu un autre homme, qui avait tout pour lui, la stature, le pouvoir et l'argent. Sa sœur allait épouser un aristocrate mais la fortune de Nairo dépassait de loin celle de sa future belle-famille. Rose l'ignorait, mais l'homme qu'il était devenu était à des années-lumière du Jett famélique aux longs cheveux qu'elle avait cru jadis aimer.

Dieu merci, elle n'était plus en proie à cette passion destructrice, mais les cicatrices que le passé avait laissées dans son cœur lui rappelaient qu'elle allait devoir mener cette partie avec la plus grande prudence. Tout indiquait que Nairo Moreno, lui, jouait pour gagner et qu'il constituerait un adversaire redoutable si elle était assez folle pour le défier.

— *Querida*…, répéta-t-elle. Comment se fait-il que tu sois brusquement parti vivre en Espagne et que tu parles espagnol ?

— Pas brusquement, corrigea-t-il. J'ai toujours vécu en Espagne — ou plutôt, ma famille a ses racines en Andalousie. L'espagnol est ma langue maternelle.

— Mais dans le squat, jamais tu n'as parlé espagnol.

— Non. Je ne voulais pas qu'on devine qui j'étais.

Elle fut choquée de comprendre que ce « on » l'incluait elle aussi. Il n'avait pas voulu qu'elle sache la vérité sur ses origines et ne s'était jamais adressé à elle avec l'ironie mordante dont il avait usé dans ce « *querida* ».

— Toi non plus, reprit-il, tu ne voulais pas qu'on sache qui tu étais. Dis-moi plutôt, quand « Red Brown » est-elle devenue cette Rose Cavalliero au nom si exotique ?

Elle eut soudain l'impression que la pièce devenait glacée et de sa mémoire surgit le souvenir de sa mère l'appelant de l'hôpital où elle avait été admise après avoir été frappée par Fred Brown.

— C'était ma faute, ma chérie, avait reconnu Joy. J'ai été séduite par son beau visage, son corps sexy et sa promesse de me soutenir… Et puis, j'ai cru qu'il changerait.

Ne s'était-il pas passé exactement la même chose quand sa fille Rose avait rencontré Nairo ?

— Rose a toujours été mon prénom, répondit-elle d'un ton sec. Quant à Brown, c'était celui sous lequel j'étais connue, le nom de mon beau-père. Tu comprends pourquoi j'ai été trop heureuse d'en changer dès que j'ai eu renoué avec ma mère et que nous avons commencé à parler, pour de bon. Elle m'a avoué que mon père était un artiste peintre italien qu'elle avait connu durant des vacances, Enzo Cavalliero.

Encore un de ces hommes au physique avantageux dont sa mère raffolait et qui l'abandonnaient dès que les choses se gâtaient. Joy avait tenté de lui écrire quand elle s'était retrouvée enceinte, mais il n'avait jamais répondu.

— C'est le nom que j'ai fini par adopter, mais pourquoi me jeter la pierre ? Toi aussi, tu dissimulais ton identité.

D'un signe de tête il le reconnut.

— Jett était un surnom que m'avait donné la bande du squat. C'était plus facile de s'en tenir là.

Mais Rose ne voulait pas s'attarder sur le passé. Le présent était déjà assez compliqué.

— Que va exactement me coûter ton aide ? s'enquit-elle, bien décidée à lui cacher l'effet que ses révélations avaient eu sur elle. Je suppose que tu ne vas pas simplement me demander de dessiner une robe pour ta sœur, poursuivit-elle.

Une grimace avertit Rose qu'il allait exiger beaucoup plus. Mais sa réponse ne fut pas celle qu'elle attendait.

— Je voudrais que tu acceptes de passer quelque temps avec moi.

À son ton moqueur, elle comprit qu'il avait délibérément choisi une première phrase ambiguë, par pure provocation.

— Je doute que ni toi ni moi ayons envie de reprendre notre ancienne relation, reprit-il. Non, tu vas m'accompagner en Espagne et rencontrer Esmeralda. Lorsque tu la connaîtras mieux, tu pourras travailler avec elle, pendant disons un mois, sur toutes les tenues des demoiselles d'honneur et celles des enfants.

— C'est impossible ! protesta Rose, heureuse d'avoir une excellente excuse pour refuser.

Elle ne voulait pas passer avec lui plus de temps que nécessaire. S'il fallait dessiner la robe de sa sœur, elle le ferait, mais elle préférait que leurs relations demeurent purement professionnelles.

— Lorsque je t'ai dit que ma mère était malade, je n'ai pas menti, ajouta-t-elle.

Nairo était la seule personne à qui elle s'était confiée, et il savait aussi que, après les accusations de Rose, Joy s'était rangée du côté de son mari. C'est pour cela que Red s'était enfuie et jetée dans les bras de celui qui se faisait alors appeler Jett. À cette époque, Nairo l'avait compris sans même lui poser de questions et c'est pour cela qu'elle était tombée follement amoureuse. Mais elle était étonnée qu'il s'en souvienne.

— Et malgré tout ce qui s'est passé, tu serais prête à sacrifier ton affaire pour t'occuper d'elle ?

Alors que Joy n'avait jamais rien fait pour aider sa fille, c'était ce qu'il sous-entendait. Mais elle avait choisi cette voie, même si elle avait mis longtemps à s'y résoudre.

— C'est ma mère.

Visiblement, il n'était guère convaincu.

— S'est-elle comportée comme une mère quand elle a pris le parti de son mari contre le tien ? questionna-t-il sur un ton si abrupt que Rose se sentit obligée de se justifier.

— Elle le regrette profondément. Elle a eu peur. Elle

était terrorisée. Elle avait été mère célibataire et elle avait trouvé ça trop dur. Pas d'argent, pas d'appui…

Alors Joy avait cru qu'un homme, n'importe lequel, suffirait à la sauver. Et elle reconnaissait qu'un physique agréable suffisait à lui faire perdre la tête. Fred Brown portait beau, mais sa personnalité était hideuse.

— Quand nous nous sommes réconciliées, elle était dans un état épouvantable. Elle servait de punching-ball à Brown, qui lui reprochait de m'avoir laissé échapper. Et elle avait un cancer du sein. Elle a été opérée et elle se remet du traitement. Elle va de mieux en mieux, mais je ne pourrais pas la laisser, même si…

— Dans ce cas, je ferai en sorte qu'elle soit parfaitement entourée, déclara Nairo en balayant l'objection d'un revers de main. Elle aura un infirmier à domicile et tout ce qui sera nécessaire à son confort.

À l'idée que Joy pourrait avoir un professionnel auprès d'elle, Rose, qui s'était souvent reproché de ne pas pouvoir se consacrer suffisamment à elle à cause de sa boutique, ressentit un immense soulagement et faillit accepter sur-le-champ. Elle s'était sentie tellement coupable de la laisser seule des heures dans son petit logement. Pour financer un appartement décent, elle avait été contrainte de se concentrer sur son travail beaucoup plus qu'elle ne l'aurait voulu. Elle avait alors compris pourquoi sa mère avait toujours semblé prête à se raccrocher au premier homme qui se présentait. Mais en même temps, elle éprouvait une sorte de malaise et d'appréhension : pourquoi Nairo lui offrait-il et lui demandait-il tant à la fois ?

— D'habitude, je ne travaille pas de cette manière.

Tout allait trop vite. Hier, elle connaissait à peine son existence, et elle ignorait qu'il était le garçon à qui elle avait jadis donné naïvement son cœur. Sans parler de cette irrésistible virilité qui émanait de lui.

— C'est à prendre ou à laisser.

— Et si je refuse ?

— Geraldine Somerset se fera un plaisir de me recommander une autre styliste, répondit-il sur un ton si léger qu'elle ne l'aurait pas cru si elle n'avait pas croisé son regard d'acier.

Il ne plaisantait pas et elle pouvait compter sur Geraldine pour ruiner définitivement sa réputation si on apprenait que Nairo Moreno avait annulé sa commande.

— Mais pourquoi ta sœur ne peut-elle pas venir ici pour que nous en discutions ? D'habitude, avec mes autres clientes, c'est ainsi que les choses se passent.

— Esmeralda n'est pas une cliente ordinaire. Ce mariage doit être parfait et ma sœur aura tout ce qu'elle veut.

Cette fille avait tout d'une petite princesse trop gâtée, se dit Rose en regrettant amèrement d'avoir à se plier à ces caprices. Mais ce contrat lui permettrait de prendre un nouveau départ et ferait oublier son mariage annulé et le fiancé au cœur brisé qu'elle avait abandonné au pied de l'autel ou presque. Elle allait faire de son mieux pour créer une robe de rêve à la sœur de Nairo, afin que ce mariage soit la vitrine de tous ses futurs projets.

Combien de temps cela lui prendrait-il ? Un mois, avait-il dit. Peut-être moins. Elle y arriverait. Après tout, elle n'aurait sans doute plus de contact avec Nairo lui-même. C'était un homme, et elle savait par expérience que, dans un mariage, même les hommes les plus amoureux se tiennent à l'écart des préparatifs.

— Tu t'engages à procurer à ma mère une infirmière ?

— Absolument. Quelqu'un qui prendra soin d'elle vingt-quatre heures sur vingt-quatre. Je connais une agence…

Il cita le nom d'une agence très haut de gamme qui pratiquait des tarifs que Rose n'aurait jamais pu payer.

— Tu la sélectionneras toi-même, reprit-il. Dès demain, si cela te convient, j'organiserai des entretiens.

Cela lui convenait on ne peut mieux. Jamais, même,

elle n'aurait osé en rêver. Si seulement ça avait pu venir de quelqu'un d'autre que de Nairo ! Mais ce n'était pas lui qui commandait : il était là sur ordre de sa sœur, l'exigeante petite princesse.

— Je comprends que tu aies du mal à laisser ta mère, déclara-t-il. Ma sœur aussi a été malade et c'est pour cette raison qu'elle n'est pas venue ici avec moi.

— Je suis désolée de l'apprendre.

Rose éprouva un pincement de culpabilité : elle aurait dû se sentir reconnaissante envers Esmeralda, qui lui offrait une planche de salut à un moment où elle en avait tant besoin.

— J'ai hâte de travailler avec elle et de lui créer une robe de rêve, pour que tout soit parfait.

— Merci de ta collaboration, articula-t-il d'une voix où transparaissait une émotion contenue.

Quelque chose, sur le visage de Nairo, venait de changer. Ses mâchoires s'étaient décrispées et ses yeux brillaient d'un éclat qui bouleversa Rose. Elle sentit soudain son propre corps se détendre comme cela ne lui était pas arrivé depuis des mois.

— Merci plutôt à toi, articula-t-elle et, avant même qu'elle réalise ce qu'elle était en train de faire, elle se précipita vers lui pour l'embrasser sur la joue.

Un baiser inspiré par la gratitude, rien de plus. Mais à peine ses lèvres s'étaient-elles posées sur la joue de Nairo, à peine avait-elle éprouvé la dureté de l'os sous la tiédeur de sa peau qu'elle sut qu'elle n'en resterait pas là.

Exactement comme si elle avait posé une allumette enflammée sur une touffe d'herbe sèche, elle s'embrasa soudain et faillit perdre tout contrôle. Ce goût, elle ne l'avait jamais oublié et elle se rappelait jusqu'où un simple baiser l'avait jadis menée. À une étreinte si sauvage et si passionnée qu'elle n'était plus en mesure de se maîtriser. Déjà, elle avait l'impression d'avoir le sang chauffé à blanc et de sentir ses jambes vaciller sous elle. Elle serait tombée si Nairo ne l'avait pas soutenue.

— Red, souffla-t-il d'une voix rauque qui disait tout de leur histoire, une voix qu'elle avait tant rêvé d'entendre, mais qui la terrifiait.

Rien n'avait changé, ni les étincelles qui scintillaient dans la nuit quand leurs regards se croisaient, ni la flamme qui les brûlait quand ils se touchaient et qu'elle avait reconnue au premier contact.

— Rose…

Qu'il l'appelle ainsi la troubla davantage encore. Sa voix était tendue, comme si le mot avait du mal à sortir de sa gorge. Puis il abandonna toute résistance et sa bouche se posa sur celle de la jeune femme ; il écrasa ses lèvres sous les siennes, dans un baiser plein de passion. Le souffle coupé, elle s'abandonna, la tête rejetée en arrière, entièrement offerte. Le temps s'abolit et elle se retrouva en pensée dans l'obscurité crasseuse du squat, seule avec cet homme qui l'avait sauvée, mais lui avait volé son cœur en échange.

Dix années s'étaient soudain évanouies et elle était redevenue la fille jeune et innocente qu'elle était alors, dépassée par un flot de sensations qu'elle ignorait jusque-là.

Une expérience qu'elle n'avait plus jamais vécue depuis.

Comme si elle ouvrait une porte pour laisser entrer le soleil. La force de Nairo lui procurait le soutien dont elle avait besoin. Elle leva les bras pour s'accrocher à lui…

— Non ! s'écria-t-il d'une voix dure et il l'écarta de lui comme pour l'arracher à ce rêve, à ce conte de fées semblable à celui auquel aspirait sa mère.

Le long corps s'était figé, immobile contre le sien. Même sans le voir, elle sentait qu'il la toisait de toute sa hauteur et elle se força à lever les yeux pour rencontrer les siens.

Le trouble du désir les rendait plus sombres, agrandissant ses pupilles qui ne laissaient deviner qu'un fin cercle doré. Mais malgré sa réaction instinctive, il n'aurait pas pu être plus loin d'elle.

Il la prit par les épaules pour l'écarter encore de lui dans un mouvement de rejet d'une violence inouïe.

— Non, répéta-t-il. Cela ne se produira pas. Je ne veux pas.

Menteur ! Le mot résonna dans la tête de Rose et elle faillit le lui lancer comme un défi. Comment pouvait-il nier la réaction de son corps qu'elle avait parfaitement perçue à son contact ?

Mais au moment où elle ouvrait la bouche pour protester, elle préféra ravaler ses paroles.

— Je trouve vraiment que tu exagères, dit-elle. Pour un malheureux baiser…

— Un malheureux baiser ?

Il n'avait pu s'empêcher de sourire en l'entendant répéter la remarque sarcastique qu'il lui avait adressée quelques heures plus tôt, dans sa boutique. Elle avait de l'esprit, il devait bien le reconnaître, même si le terme « malheureux baiser » était mal choisi pour désigner celui qu'ils venaient d'échanger.

Il en gardait le goût sur la langue et sur les lèvres. Tout son corps en était embrasé, chacun de ses nerfs en frémissait encore et son sexe durci l'empêchait de penser de façon cohérente. Mais en croisant son regard, il comprit qu'il lui fallait garder toutes ses facultés, même si son corps avide d'apaisement lui criait de l'allonger sur le tapis pour l'écraser sous son poids.

Elle se laisserait faire, il n'en doutait pas. Elle avait beau griffer et souffler comme un chaton en colère, elle ne pouvait nier l'attirance qu'elle éprouvait et qu'il avait lue dans ses yeux, sentie sur sa peau tout au long de ce « malheureux baiser ».

— « Malheureux » ou pas, j'aurais de loin préféré que tu t'abstiennes, déclara-t-elle en relevant la tête d'un air de défi et de mépris, même si elle se sentait tout aussi frustrée que lui.

Ses pupilles dilatées étaient pourtant la preuve qu'elle était bouleversée. Même après dix ans, il n'avait pas oublié l'expression de son visage métamorphosé par le désir et affamé du plaisir qu'il allait lui donner.

— Je veux bien signer pour dessiner la robe de ta sœur, mais c'est tout. Un contrat de travail et rien d'autre.

— Un contrat de travail me convient parfaitement, répéta Nairo en lui tendant la main.

Elle la prit et la serra fermement, d'une manière très professionnelle mais avec une légère hésitation qui n'échappa pas à Nairo et dont il n'eut aucun mal à deviner le sens puisqu'il l'avait éprouvée, lui aussi. Et elle dut s'humecter les lèvres avant de déglutir avec peine.

En cet instant, il aurait pu la prendre, il le savait, et — *querido Dios* — comme il en avait envie ! Son désir lui dévastait le corps. Il la désirait et il aurait pu l'avoir s'il lui avait serré la main un peu plus fort… S'il l'avait de nouveau embrassée… caressée…

Oui, mais qu'aurait-il gagné, après tant d'années d'attente, s'il l'avait prise ainsi, dans la précipitation et sans aucun contrôle ?

La pulsion qui le dominait exigeait d'être satisfaite sur-le-champ, mais une part infime de lui-même gardait raison et aspirait à une satisfaction plus complète, plus profonde.

Mieux valait donc attendre. Attendre renforcerait le désir, chez elle comme chez lui. Plus elle aurait envie de lui, meilleur serait son propre triomphe quand elle finirait par lui appartenir. Et cette fois, il ne lui permettrait plus de s'échapper. Cette fois, c'est lui qui la quitterait…

— Puis-je te déposer chez toi ? s'enquit-il sur le ton le plus neutre et détendu qu'il put.

Elle leva vers lui un regard circonspect.

— Non, merci. J'ai encore à faire ici. Et j'ai déjà appelé un taxi…

— Très bien. Alors, à demain. J'appellerai à l'agence pour fixer l'emploi du temps.

— Ce sera parfait, répondit-elle avant de lui adresser un sourire forcé qui n'éclaira pas son visage.

Elle devait penser qu'elle ne laissait rien transparaître, mais Nairo connaissait de longue date Rose Cavalliero, comme elle se faisait appeler. Elle avait beau chercher à dissimuler ses sentiments, elle n'en était pour lui que plus transparente.

Lorsqu'il s'était écarté d'elle, il avait lu de la déception dans ses yeux, mais le plus difficile avait été d'arracher ses lèvres aux siennes, si douces et si chaudes, et de voir son regard assombri par l'incrédulité et la frustration. Le feu qui les dévorait dix ans plus tôt ne s'était pas éteint malgré l'absence, au contraire, il était devenu plus violent encore. Ce qu'il éprouvait pour elle à l'époque de son adolescence n'était rien comparé à ce qu'il ressentait aujourd'hui.

— À demain.

Rose contempla la carte de visite professionnelle que lui avait remise Nairo Moreno. Il était venu avec une idée en tête et bien déterminé à aller jusqu'au bout. Mais quelle était la véritable raison de sa présence en Angleterre ? De toute évidence, ce n'était pas pour l'y chercher. Il n'éprouvait plus aucun désir pour elle, c'était clair et cela rendait la situation moins délicate. Elle aurait dû se sentir soulagée de le savoir.

Alors pourquoi, au lieu d'un sentiment de liberté et de soulagement, était-elle en proie à une étrange et amère déception qui lui déchirait le cœur ?

4.

— Il faut que nous parlions de ce mariage.

— Comment ?

Rose, qui examinait une série de croquis, releva la tête et aperçut Nairo debout sur le seuil de l'atelier qui lui avait été installé à Castillo Corazón. Depuis qu'ils étaient arrivés dans cette superbe demeure familiale, c'était la première fois qu'elle le revoyait et elle avait béni cette absence tout en essayant de comprendre ce qui lui arrivait.

Depuis que Nairo Moreno était réapparu dans sa vie, tout était sens dessus dessous. Il ne s'était écoulé qu'une semaine, mais c'est comme si sa vie lui échappait, comme si quelqu'un — Nairo en l'occurrence — lui avait pris des mains les rênes pour la conduire là où il le voulait, lui.

Nairo n'avait pas l'habitude d'attendre, pour quoi que ce soit. À peine avait-il décidé d'engager une infirmière pour s'occuper de la mère de Rose qu'il en avait trouvé une. Elle s'était installée dans le minuscule appartement que Joy partageait avec sa fille tandis qu'une voiture emmenait Rose à l'aéroport. Un élégant jet privé l'avait transportée en Andalousie où elle devait passer un mois dans un superbe *castillo* aux murs de pierre dorée. Non seulement un autre lieu, mais un autre monde. Son atelier, qui ouvrait sur un patio de style mauresque, était deux fois plus vaste que le petit logement miteux dont elle avait tant de mal à payer le loyer. Et sa suite carrelée au plafond décoré faisait le double de sa boutique londonienne.

Quand elle l'avait découverte, avec son immense lit à baldaquin et ses meubles anciens de bois sombre, elle avait eu l'impression de remonter le temps. Le balcon donnait sur des jardins que bordait une rivière, mais elle n'avait guère eu le loisir de les explorer, ni de profiter de la beauté de ce cadre, ni même de plonger dans la vaste piscine. Elle était là pour travailler et le plus facile, c'était de se concentrer sur ce travail et rien d'autre, pour repartir le plus vite possible.

— Je ne pensais pas que cela t'intéressait, mais ces croquis…

— Ce n'est pas de ça qu'il s'agit, déclara Nairo en repoussant les pages couvertes de dessins colorés qu'elle lui tendait. Pas du mariage d'Esmeralda — je sais que tout se passe bien de ce côté-là. Non, je parle du mariage qui n'a pas eu lieu, quand tu as failli épouser Lord Je-ne-sais-qui…

— Andrew.

— C'est cela, Lord Andrew Holden. Celui que tu as abandonné au pied de l'autel.

— Non, trois jours avant la cérémonie, répondit-elle d'une voix cassante.

En réalité, elle se battait contre la tension qui raidissait chacun de ses muscles depuis qu'il était entré. En présence de Nairo, le souvenir du jour où elle avait renoncé à son mariage avec Andrew devenait très douloureux et lui rappelait les raisons qui l'avaient conduite à faire ce choix.

— Pourquoi veux-tu le savoir ?

— Parce qu'Oskar et ses parents sont inquiets.

Rose n'avait vu qu'une seule fois les futurs beaux-parents d'Esmeralda, mais cela lui avait suffi pour comprendre les exigences de la jeune femme. Ils vouaient un véritable culte aux convenances et à la bonne réputation, et il était clair qu'ils impressionnaient beaucoup la sœur de Nairo.

Depuis qu'elle connaissait Esmeralda Moreno, Rose

comprenait mieux sa relation avec Nairo. La jeune femme était sa cadette de neuf ans et, même si elle était comme lui très brune avec les mêmes yeux dorés, son corps n'avait ni sa puissance ni sa vitalité. Trop mince et très nerveuse, elle parlait très vite et tout l'inquiétait. Rose pressentait qu'elle avait dû souffrir par le passé de troubles du comportement alimentaire, ce qui expliquait que Nairo se montre si inquiet et si protecteur envers elle.

Esmeralda n'était donc pas la princesse trop gâtée qu'elle avait imaginée, mais une jeune femme vulnérable qui avait besoin qu'on l'aime, désespérément. Et Rose l'aimait beaucoup.

— Allons, je ne suis que la styliste de service, protesta-t-elle. Une fois la cérémonie terminée, je disparaîtrai.

Elle était d'autant plus sincère que vivre ainsi, au risque de voir Nairo surgir à chaque instant, se révélait éprouvant pour ses nerfs. Dans cet immense *castillo*, elle avait d'abord cru qu'il lui serait facile de l'éviter, mais elle craignait sans cesse qu'il fasse irruption. Elle se sentait comme un animal traqué, même s'il se montrait poli et professionnel, d'une indifférence parfaite.

« Cela ne se produira pas », avait-il dit, et il semblait bien décidé à en rester là. Et pourtant, dès qu'il pénétrait dans une pièce où elle se trouvait, cela lui mettait les nerfs à vif et elle avait du mal à se concentrer sur ce qu'elle faisait. Elle ne voyait plus que sa haute silhouette vêtue de sombre, ses cheveux d'un noir de jais, n'entendait plus que sa voix de velours, ne sentait plus que l'odeur de sa peau mêlée aux effluves citronnés de son eau de toilette. Alors elle réalisait dans quelle insupportable situation elle s'était mise, exactement comme lorsqu'elle était adolescente. Chaque journée passée à Castillo Corazón renforçait encore les liens qui l'unissaient à lui et l'empêchait de dormir la nuit.

Elle ne pouvait même pas utiliser sa mère comme prétexte car l'infirmière qu'avait recrutée Nairo s'était révélée une perle. Sa mère l'appelait « mon ange gardien » et trouvait sa vie plus confortable qu'elle ne l'était quand Rose se battait pour s'occuper d'elle tout en tenant sa boutique. Les deux femmes étaient devenues amies, et Margaret, tout en lui prodiguant ses soins, lui apportait aussi la compagnie féminine qu'elle recherchait depuis toujours, une forme d'amitié que Rose n'avait jamais pu lui donner car, entre elles, il y avait trop de zones d'ombre. Elles échangeaient des modèles de tricot, aimaient cuisiner ensemble. Si Rose devait un jour se séparer de Margaret, la convalescence de Joy risquait vraiment d'en pâtir.

La dernière fois qu'elle avait téléphoné à sa mère, elle avait décelé dans sa voix une intonation qu'elle n'avait pas entendue depuis longtemps — peut-être même jamais : l'accent de culpabilité sous-jacente, audible depuis que les deux femmes s'étaient retrouvées après l'hospitalisation de Joy, avait complètement disparu.

Sa mère semblait bien décidée à oublier le passé et à vivre en compagnie de Margaret, même si elle n'ignorait pas que sa fille avait travaillé très dur pour qu'elles puissent garder un toit au-dessus de leurs têtes. Maintenant, le soulagement et la joie de voir le récent succès de Rose illuminaient chacune de ses paroles. Après tout le temps qu'il avait fallu pour reconstruire leur relation, la jeune femme pouvait-elle prendre le risque de la mettre en péril ?

— Ce n'est pas aussi simple, répondit Nairo. On spécule déjà beaucoup sur ta présence ici et sur ton implication dans le mariage d'Esmeralda. Au cas où des paparazzis viendraient se poster à la grille pour prendre des photos, il faut que je décide de la conduite à tenir. Ils s'intéressent déjà davantage à toi qu'aux futurs mariés et vont jusqu'à se demander si tu ne risques pas de leur porter malheur.

Rose se sentit rougir jusqu'aux cheveux et se hâta de se baisser pour ramasser et remettre en piles quelques papiers qui traînaient sous son bureau.

— J'ai pu voir l'effet que pouvait provoquer sur ta clientèle la moindre allusion à ton mariage raté, reprit froidement Nairo. Cela aurait pu très mal tourner.

— C'est Geraldine qui avait tout fomenté. Au mariage d'Esmeralda, elle ne sera pas là.

— Mais toi, tu y seras, entourée de toutes les ombres de ta vie passée, et si tu attires les paparazzis, ce mariage sera pour ma sœur une épreuve au lieu d'être le plus beau jour de sa vie.

— Tu aurais dû y penser avant de tant insister pour que je dessine sa robe.

Elle faillit ajouter : « Et ça te va bien d'évoquer mon passé scandaleux », mais elle s'abstint car elle était elle-même trop impliquée. Et puis, le bonheur et la santé de sa mère étaient également en jeu. Elle n'avait pas oublié sa menace implicite, au cas où elle se risquerait à faire allusion à leur ancienne relation.

Pourtant, à peine avait-elle mis les pieds au *castillo* que ces souvenirs avaient refait surface. En contemplant le splendide édifice doré dont les vitrages reflétaient les rayons du couchant, elle n'avait pas compris comment cet homme avait pu se retrouver dans ce squat sordide, sans travail ni argent.

— Tout cela t'appartient ?

— Oui désormais, avait répondu Nairo. J'en ai hérité de mon père. Tu ne crois quand même pas que je l'ai acheté avec les profits de mon commerce illicite ?

Pour la première fois, il enfreignait la consigne de silence qu'il s'était fixée concernant leur passé.

— Je n'ai jamais..., avait-elle commencé, mais au même moment, la porte du *castillo* s'était ouverte et la frêle Esmeralda s'était précipitée vers eux et jetée dans les bras de Nairo, mettant fin à leur conversation.

Toutefois, les mots étaient restés en suspens et Rose

savait bien qu'un jour il lui faudrait y faire face, au risque de briser le reste de sa vie.

— À ce moment-là, tu savais déjà que j'avais un « passé » lança-t-elle. Si tu tenais tant à préserver la future belle-famille de ta sœur, il fallait renoncer. Mais tu as insisté pour que j'accepte ce contrat et pour que tout le monde l'apprenne. Pourquoi ?

Cette question, il se l'était lui-même posée bien des fois, reconnut Nairo. S'il avait eu le moindre bon sens, il serait parti et aurait cherché une autre styliste pour Esmeralda. Il aurait trouvé moyen d'apaiser les regrets de sa sœur sans s'attirer des ennuis et réveiller des souvenirs douloureux. Mais Esmeralda ou pas, dès le début, il avait compris qu'il ne pouvait pas prendre la fuite avant d'avoir mis au clair ce qui s'était passé.

— C'est toi qu'Esmeralda avait choisie. Et puis, j'ai horreur des despotes du genre de cette Geraldine. Elle cherchait à attirer l'attention et était bien décidée à te nuire. J'ai été ravi de l'en empêcher.

Oui, il détestait les despotes, qu'il n'avait aucune difficulté à repérer quand il en croisait. Sa jeune belle-mère, par exemple, qui avait toujours traité Esmeralda comme sa rivale dans l'affection de son mari, mais dont il n'aurait jamais cru qu'elle puisse s'attaquer à lui. C'est pour cela qu'il avait fondu sur Geraldine dès qu'il avait compris qu'elle tentait de semer le trouble. Mais il y avait surtout le souvenir de la façon dont Rose l'avait quitté. Même si la séduisante jeune femme debout sur le podium dans sa superbe robe bleu paon n'avait plus rien de commun avec la fille qu'il avait jadis prise sous son aile, elle gardait encore quelques ressemblances avec la Red qu'il avait connue : de légers cernes sous ses yeux et cette façon de se mordiller la lèvre inférieure. Cela avait suffi à le faire agir et parler, avant même de réaliser ce qu'il faisait.

— Avant mes fiançailles avec Andrew, elle devait l'épouser. Elle a voulu prendre sa revanche.

— Elle aurait pourtant dû être contente qu'il ait retrouvé sa liberté.

— Le problème, c'est qu'elle ne l'intéressait plus. Cela faisait un moment qu'il voulait rompre et je lui en avais fourni l'occasion.

— Tu veux dire qu'il ne t'aimait pas ?

Elle secoua la tête et ses cheveux brillèrent au soleil, diffusant les effluves de son délicat parfum. Nairo dut fournir un effort pour se concentrer de nouveau sur la conversation.

— Non. Au contraire, il était fou de moi.

La façon dont elle avait prononcé le mot *fou* lui fit penser que cette histoire était plus compliquée qu'elle n'avait envie de le reconnaître.

— Alors, que s'est-il passé ? Pourquoi avez-vous rompu ? Il était trop « fou » pour toi ?

Elle comprit qu'elle s'était trahie et lui avait déjà livré une partie de ce qu'elle aurait voulu cacher.

— C'était un… obsédé, murmura-t-elle, embarrassée.

Comment Nairo, qui l'avait si vite oubliée, aurait-il pu comprendre la dévotion, l'adoration qu'elle inspirait à Andrew ?

— J'ai compris que mes sentiments à son égard étaient moins… intenses, reprit-elle, et il l'a mal pris.

— Trois jours avant le mariage !

— Je sais, je sais. Je m'en sens encore terriblement coupable, souffla-t-elle d'une voix rauque en examinant les papiers qu'elle tenait à la main, comme pour y trouver une solution.

Elle avait toujours su qu'elle n'éprouvait pas une grande passion pour Andrew. Ils n'avaient même jamais fait l'amour, mais elle faisait tout son possible pour lui faire plaisir, et elle avait fini par se persuader que les choses viendraient en leur temps. Jusqu'au jour où, en triant ses objets personnels avant d'emménager dans l'élégant appartement où elle allait vivre désormais, elle était tombée sur une vieille boîte au fond d'un tiroir.

Cette boîte contenait sa seule photo d'elle avec Nairo, prise dans une cabine automatique un après-midi où ils avaient un peu d'argent à dépenser. Une journée superbe et joyeuse dont elle avait tenu à garder le souvenir, en dépit des protestations de son compagnon.

Les croquis qu'elle tenait devinrent flous, tout comme la photo ce jour-là, et elle dut ravaler les larmes qui lui montaient aux yeux. Comment aurait-elle pu épouser Andrew alors qu'elle ne ressentait rien de comparable à l'émotion qui la dévastait lorsqu'elle était avec Jett ? Comprenant soudain que cette émotion était aujourd'hui encore intacte, elle en eut le souffle coupé.

Pire, dans sa relation avec Andrew, elle s'était comportée exactement comme sa mère quand elle avait rencontré Fred Brown. Elle avait cru avoir trouvé quelqu'un pour s'occuper d'elle, quelqu'un qui la déchargerait du fardeau qui pesait sur ses épaules depuis qu'elle avait aidé sa mère à échapper aux brutalités de son beau-père. Dans un moment de faiblesse, elle avait accepté sa demande en mariage, pour se rendre compte ensuite que c'était la pire des raisons.

— Jamais je n'aurais dû accepter de l'épouser, c'était une terrible erreur.

— Pourquoi donc ? Vu de l'extérieur, Andrew Holden avait l'air d'être un excellent choix.

— Tu trouves ? Pourquoi ?

Il comprit à sa voix qu'il l'avait prise de court et qu'elle préférait lui renvoyer la question.

— Il présente bien, tout lui réussit. Bien né, riche…

Elle lui fit face, les yeux brillants.

— Tu penses que c'est d'abord pour son argent que j'ai accepté de l'épouser ?

Nairo haussa les épaules d'un air indifférent.

— N'est-ce pas ce que toute femme recherche dans le mariage ?

C'est pour cette raison en tout cas que sa mère, puis sa belle-mère avaient épousé son père. Le vieil homme avait toujours été attiré par les corps sexy et les jolis minois. Il était tellement convaincu d'être amoureux qu'il ne lui était même pas venu à l'esprit de faire établir un contrat, et ses deux épouses l'avaient mis sur la paille avant de l'abandonner. La première *señora* Moreno avait laissé ses enfants derrière elle, peu désireuse de s'encombrer d'un fils de neuf ans et d'une fille d'un an dans sa vie de plaisirs avec son nouveau partenaire. La seconde, Carmen, avait tout fait pour éloigner le fils de son père.

Nairo s'était bien juré de ne jamais se soumettre ainsi à une femme. Dans l'ensemble, il avait tenu parole, sauf avec celle qui se tenait devant lui en cet instant, mais heureusement, il avait réussi à lui échapper et lui avait caché la vérité sur sa famille — même s'il avait failli la lui révéler quand il avait voulu se réconcilier avec son père, la veille de Noël, dix ans plus tôt…

— Pas moi ! s'écria-t-elle, indignée.

— Pourtant, ton affaire était en difficulté. Tu es très endettée.

— Comment le sais-tu ? questionna-t-elle, stupéfaite.

Il ne put s'empêcher de sourire, à l'idée qu'elle n'avait toujours pas compris la différence entre le jeune inconscient qu'elle avait connu alors et l'homme qu'il était devenu.

— Je me renseigne toujours sur les gens avec qui je fais affaire. Quand on veut vraiment une information, il est facile de la trouver. Ce mariage t'aurait pourtant permis de résoudre tes problèmes d'argent, non ?

— Peut-être. Mais le simple fait que j'y aie renoncé devrait suffire à te prouver que ce n'était pas ma motivation.

Sans doute, reconnut Nairo. Mais dans ce cas, pourquoi avoir tant attendu pour rompre ? Il revit Geraldine brandissant son journal au titre scandaleux sous le nez de Rose, à l'issue du défilé. Il s'était précipité pour mettre fin à cette odieuse attaque, sans même se demander pourquoi. Il avait déclaré détester les despotes — et c'était bien vrai, mais il y avait autre chose…

— Si j'étais devenue Lady Holden, je me serais sans doute sentie plus à l'aise, plus rassurée.

— Autant que je m'en souvienne, tu as toujours rêvé d'un mariage d'amour qui rime avec toujours.

Il se tut, repoussant les souvenirs qui lui revenaient en mémoire à cette simple évocation.

« Je ne veux pas aimer. Je ne veux pas m'engager. »

Durant des années, sa propre voix était revenue le hanter. Il était si sûr de lui, lorsqu'il contemplait les ruines des deux mariages successifs de son père et la destruction qui s'était ensuivie — particulièrement pour Esmeralda. « Jamais je ne me marierai. Si tu y tiens, tu ferais mieux de trouver quelqu'un d'autre. »

Quelle ironie ! En entendant Geraldine, il avait soudain compris que c'était exactement ce qu'avait fait Rose : trouver quelqu'un d'autre. Alors son univers avait basculé et lui avec, et il s'était retrouvé en train d'agir de façon irréfléchie.

Pas seulement pour faire plaisir à Esmeralda. Cela venait de plus loin, d'une motivation plus égoïste. Il ne voulait pas que Rose appartienne à un autre. Il la voulait de nouveau, dans sa vie et dans son lit.

— Peut-être, reconnut Rose. Mais tout en l'aimant beaucoup, jamais je n'aurais pu lui donner ce qu'il désirait de moi. Je n'aurais pas dû attendre le dernier moment, mais si j'avais compris mon erreur après notre mariage, ç'aurait été bien pire.

Cela aurait pu sembler tout à fait rationnel et crédible. Si du moins le regard de Rose n'avait pas fui le sien. À coup sûr, elle lui cachait encore quelque chose, mais au moment où il ouvrait la bouche pour tenter de le lui arracher, sa sœur entra en coup de vent dans la pièce.

— Rose, vous avez fini vos croquis ? demanda-t-elle d'une voix pleine d'excitation. Vous avez quelque chose à me montrer ?

— Oui, ils sont là…

Rose reprit les croquis posés sur la table et Nairo remarqua ses doigts crispés sur le papier, si froissé qu'elle dut le lisser avant de le tendre à Esmeralda.

— Si vous en avez terminé…

Elle leva vers Nairo un regard interrogateur. À la ride d'inquiétude entre ses sourcils, il sut qu'elle se demandait s'il allait en rester là ou pousser plus loin son interrogatoire pour tenter de débusquer ce qu'elle lui dissimulait encore.

C'est alors seulement que sa sœur se rendit compte de sa présence dans la pièce.

— Nairo ? Je ne t'avais pas vu. Ne me dis pas que maintenant tu t'intéresses aux robes de mariée et, de toute façon, pas question que tu jettes un coup d'œil à la mienne ! Personne ne doit la voir avant le grand jour, sauf Rose et moi. C'est notre secret.

— Je comprends que tu veuilles le garder, répondit-il sur un tout autre ton que celui qu'il avait employé avec Rose.

La froideur cassante avait laissé place à une tendresse chaleureuse qui ne s'adressait qu'à Esmeralda. Quand il se tourna de nouveau vers Rose, son regard opaque dissimulait toute émotion.

— Pour rien au monde je ne voudrais contrarier Esmeralda, reprit-il. Nous reprendrons notre conversation à un autre moment.

Était-ce une promesse ou une menace ? Rose n'eut pas le loisir de s'interroger, car à peine s'était-il tu qu'il s'avança pour poser sur la joue de sa sœur un baiser rapide avant de sortir de la pièce. Ce geste émut d'autant plus Rose qu'elle avait cru jadis que pour elle aussi, il avait de l'affection.

Mais non, songea-t-elle avec amertume au moment où la porte se refermait sur la haute silhouette de Nairo. Jamais la tendresse et la douceur n'avaient présidé à leur relation fondée sur une attirance sexuelle trop puissante pour qu'ils tentent même d'y résister. Pourtant, au début, elle l'avait senti réellement inquiet, quand il l'avait découverte, assise sur les marches, à Trafalgar Square, misérable et transie de froid, trop épuisée pour se relever. Une de ses chaussures était trouée et elle avait le pied trempé, et ses cheveux pendaient en mèches désordonnées sur son visage et ses épaules. Peut-être à ce moment-là avait-il éprouvé de la pitié pour elle, mais rien d'autre. Il faut dire qu'elle était très mal en point.

— Alors, Rose, ces croquis… La robe… ? Je peux voir ?

La voix d'Esmeralda l'arracha à ses pensées et elle s'empara des feuillets que Rose tenait toujours à la main.

Celle-ci se félicita que la future mariée ait été trop enthousiaste et excitée pour remarquer sa propre distraction. Car son esprit s'était envolé loin des croquis, dans le sillage de Nairo et du passé qu'ils avaient jadis partagé.

— Oh ! Mais c'est absolument superbe ! *Maravilloso !* Peut-être aurions-nous mieux fait de permettre à mon frère de rester pour les voir. Il aurait sûrement compris pourquoi j'ai tant insisté pour vous confier la création de ma robe.

Elle semblait si résolue qu'un instant elle rappela à Rose la petite princesse, exigeante et gâtée, qu'elle avait imaginée à Londres. Mais depuis qu'elle vivait au château, elle avait pu constater qu'Esmeralda était touchante et exquise. Elle aurait pu faire obéir tout le monde au doigt et à l'œil, mais elle n'usait de ce pouvoir qu'envers son frère qu'elle adorait de toute évidence. Quand il la regardait, des rides d'inquiétude se creusaient sur son front. Ce n'était pas l'effet de la simple affection fraternelle, mais la trace d'un souvenir qu'ils semblaient être seuls à partager.

— Même lui, il serait impressionné, ajouta Esmeralda, sans s'apercevoir que Rose était distraite. Ces croquis devraient même le convaincre d'être un peu plus romantique.

— Il ne l'est donc pas ? questionna Rose sur un ton qu'elle s'efforça de rendre aussi léger que possible. Pourtant, quand on vit au milieu de tant de beauté…

D'un geste, elle désigna le haut plafond décoré, le patio et le jardin qu'on apercevait par l'ouverture des volets de bois et où murmurait une rivière. Ce lieu recélait tant de splendeurs dont elle n'avait pas encore fait le tour…

— Pas du tout, répondit vivement Esmeralda. Il n'a pas le temps de regarder autour de lui, ni même de s'occuper de mettre le *castillo* au goût du jour. Il a dû travailler trop dur pour le conserver et nous permettre de continuer à y vivre.

— Votre propriété était en danger ?

En contemplant le luxe qui l'entourait, sans commune mesure avec son minuscule appartement, Rose avait du mal à le croire.

— Nous avons failli tout perdre. *Papá* est tombé malade et a tout laissé partir à vau-l'eau. Alors, il a fait revenir Nairo d'Argentine où il avait déjà accompli un travail considérable.

— En Argentine ? s'étonna Rose.

Ainsi, Nairo avait vécu à l'étranger. Rien d'étonnant à ce qu'il ait semblé avoir disparu de la face du monde et à ce qu'elle n'ait plus entendu parler de lui après cette nuit fatale.

Esmeralda acquiesça.

— Nous y possédons une *estancia* qui était presque à l'abandon. Mais mon frère sait ce que c'est que le travail, répondit la jeune fille avec un sourire d'adoration. Même si *papá* n'a pas vraiment approuvé son départ là-bas.

— Donc il n'a pas de temps à consacrer à sa vie sentimentale ? questionna Rose, le cœur battant.

— Ni le temps, ni l'envie. Je ne sais pas trop ce qui lui est arrivé mais, quand il était en Angleterre, il a rencontré quelqu'un, répondit Esmeralda en hochant la tête avec une mimique d'incrédulité. Une cruelle petite sorcière qui a volé son cœur avant de le trahir affreusement. Elle, elle a su tirer son épingle du jeu, mais mon frère… Ah ! si je la tenais !

Le cœur de Rose battait à se rompre. Était-elle cette « cruelle petite sorcière » dont parlait Esmeralda ? Mais cela ne s'était pas passé comme ça. C'est Nairo qui aurait mérité une telle accusation. Bien sûr, il avait donné à sa sœur sa propre version de l'histoire.

Un jour, il lui avait raconté pourquoi il s'était retrouvé à Londres dans le squat. Une scène terrible entre son père et lui l'avait contraint à s'enfuir sans un sou. À cause d'une femme, c'est tout ce qu'il avait consenti à révéler à Rose. Alors peut-être Esmeralda se trompait-elle. Peut-être cette femme fatale était-elle celle qu'il avait laissée derrière lui en Espagne ?

À moins qu'il y en ait eu une autre, en Angleterre ? Cette hypothèse ne lui apporta aucun soulagement, seulement une douleur plus intense encore à la pensée qu'il ait pu connaître en même temps qu'elle quelqu'un d'autre, quelqu'un qui aurait « volé son cœur ».

Soudain, elle revit Nairo tenant par l'épaule Julie, la compagne de Jason, un autre habitant du squat. À cet instant, elle ressentit comme jamais encore la brûlure de la jalousie.

Un bruit dans le hall lui fit relever la tête et, dans un des miroirs, elle aperçut la sombre silhouette de Nairo, debout dans le couloir, tout près de la porte. Il avait dû rester là et entendre chaque mot de leur conversation. Leurs regards se croisèrent dans le miroir, et elle sentit son sang courir plus vite encore dans ses veines.

Un instant plus tard, il tourna les talons et s'éloigna à la hâte.

5.

Assise dans le patio, Rose travaillait sur ses croquis tandis que le soleil jouait sur ses bras nus. Elle avait tiré sa chaise au bord de la piscine et l'eau venait lécher ses orteils légèrement hâlés alors qu'elle penchait la tête sur le carnet de croquis posé sur ses genoux. Son stylo courait avec assurance et rapidité sur le papier, ajoutant là une traîne, là une touche de dentelle. Ses boucles auburn lui tombaient sur le visage et le soleil couchant les illuminait d'un reflet rouge qui rappelait leur couleur passée.

Il n'était resté que quatre jours absent du *castillo*, mais en la retrouvant, il avait l'impression de la revoir comme dix ans plus tôt, lors de leur première rencontre…

La première chose qu'il avait remarquée, c'était ses cheveux roux, tache de couleur sur le mur près duquel elle était étendue, lumineuse sous la pluie triste de ce sombre après-midi. Ses jambes longues et minces étaient moulées dans un vieux legging et étendues sur les marches où elle était assise, comme si elle n'avait même plus l'énergie de les replier. Sa tête était penchée comme en cet instant…

Il n'avait pas eu de difficulté à la soulever et à la transporter quand elle avait vacillé contre lui, en proie à un accès de faiblesse. Cela faisait deux jours qu'elle n'avait rien mangé, elle le lui avait avoué plus tard. Elle s'était enfuie de chez elle pour échapper à son beau-père abusif, sans rien emporter d'autre que son sac. Mais il y avait très peu d'argent dedans, et son beau-père avait fait opposition sur la carte bleue qu'il lui avait procurée en lui expliquant qu'il était prêt à payer pour obtenir ses faveurs.

À ce souvenir, il sentit la colère bouillonner en lui et sa gorge se serrer.

— *Buenas noches.*

Rose tressaillit et se leva à son approche en le regardant d'un air surpris.

— Cela fait longtemps que tu es là ? s'enquit-elle d'une voix tendue, comme pour le dissuader d'approcher.

— Non, mais tu avais l'air si absorbée que j'ai eu peur de te déranger, dit-il en désignant le carnet ouvert sur la robe de dentelle rose qu'elle était en train de retravailler. D'ailleurs, n'es-tu pas censée me le cacher ? Tu sais, à cause de cette vieille superstition qui veut que personne ne voie la robe avant le grand jour.

Elle rougit de tant d'ironie et se mit à feuilleter le carnet, faisant apparaître et disparaître tour à tour ses croquis.

— Mais non ! Ce n'est valable que pour la robe de la mariée, celle d'Esmeralda, qui est presque prête. Ce sont d'autres dessins, pour le mariage d'autres clientes. Des femmes qui assistaient au défilé, l'autre soir…

Elle n'en dit pas plus long, mais c'était suffisamment clair. Il s'abstint de répondre et se tut en l'observant jusqu'à ce qu'elle finisse par reprendre la parole.

— Je te suis vraiment très reconnaissante pour tout ce que tu as fait pour m'aider.

Il aurait préféré un mot plus passionné, mais il préférait ça au masque figé qu'elle se croyait forcée d'arborer chaque fois qu'elle se retrouvait seule avec lui. Cependant, il avait repéré l'étincelle dans son regard et sa façon de se mordre la lèvre inférieure.

Il avait de plus en plus de mal à s'en tenir à sa résolution d'attendre. Être à côté d'elle sans pouvoir la toucher constituait une véritable torture, d'autant plus dure qu'il se l'infligeait à lui-même.

Même dans le silence de la nuit, il sentait sa présence dans le château et l'imaginait dans sa suite, endormie dans le haut lit à baldaquin ou s'attardant dans son bain parfumé d'huile florale. Même s'il tentait de se concentrer sur autre chose, tout le ramenait à elle. Au bruit léger de ses pas, au sillage de son parfum, il savait si elle venait de quitter la pièce où il pénétrait. Être assis dans le même lieu qu'elle, entendre sa voix et l'éclat de son rire quand elle bavardait avec Esmeralda lui nouait douloureusement l'estomac et accélérait les battements de son cœur.

Rien qu'à la regarder bouger, son sang courait plus vite dans ses veines. Au fond, jamais il ne l'avait oubliée, comme en témoignaient les rêves érotiques dont il se réveillait trempé de sueur, les draps emmêlés autour du corps. Il croyait avoir réussi à les chasser définitivement, mais à peine l'avait-il revue qu'ils avaient recommencé à le tourmenter.

Le fait d'être en sa présence sans pouvoir la posséder lui faisait regretter sa stupide décision. Même maintenant où elle n'avait pas la moindre de trace de maquillage, il avait le plus grand mal à ne pas se pencher pour écraser avidement ses lèvres contre les siennes. Ses longues mains fines étaient tachées par les pastels dont elle usait pour ses croquis. Autrefois, en tentant d'allumer un feu dans le squat avec des morceaux de charbon tombés d'un camion, la semaine avant Noël, elle s'était taché les doigts, de la même façon.

— J'aurais peut-être mieux fait de les garder pour le grand jour, avait-elle dit en approchant de la flamme ses doigts noircis. Mais je n'en pouvais plus de froid…

Ce jour-là, il s'était décidé à changer de vie, pour elle et avec elle. Il savait que son père lui ferait payer cher le droit de rentrer au bercail, mais il était prêt à tout accepter pour offrir à Red un avenir meilleur. Jamais il n'avait imaginé qu'elle déserterait et le trahirait, ni que la soirée de Noël se terminerait au commissariat.

Il avait failli y perdre son honneur et sa famille. Sans parler de la souffrance infligée à Esmeralda, si terrible que, même aujourd'hui, il pouvait à peine l'évoquer.

— Je viens d'appeler ma mère, lui dit Rose. Je lui téléphone tous les soirs et Maggie — l'infirmière qui s'occupe d'elle — est un don du ciel ! Elles s'entendent si bien que c'est comme si sa meilleure amie veillait sur elle.

Il savait ce qu'elle ressentait. Quand son père était tombé gravement malade, quatre ans plus tôt, ses infirmières lui avaient apporté un réconfort inestimable. S'il n'avait pas su qu'elles lui prodiguaient tous les soins dont il avait besoin, jamais il n'aurait eu l'esprit assez libre pour réussir à adapter leur domaine au XXIe siècle. Elles surveillaient aussi Esmeralda quand il devait s'absenter. Mais Rose, elle, avait dû se débrouiller seule. Et sa mère…

Frappé par l'éclat de son sourire, il se rappela cet horrible jour d'hiver, dans le squat. Quel contraste entre la façon dont elle parlait aujourd'hui de sa mère et l'amertume qui assombrissait son regard à l'idée de ne pas passer Noël chez elle ! *Infierno*, c'est précisément ce regard qui avait poussé Nairo à reprendre contact avec son père.

— J'en suis ravi pour toi.

— Pour moi ? questionna-t-elle, consciente de la distance qu'il mettait dans sa voix. Mais tu as été vraiment adorable avec ma mère et je suis contente de la voir heureuse.

— Tu as réussi à lui pardonner si facilement ?

— Lui pardonner ? Mais c'est ma mère.

— Tu avais pourtant cherché à lui échapper, dit-il d'une voix dure.

— Pas à elle. À mon beau-père.

— En l'épousant, elle avait fait son choix. Et elle n'a pas cherché à te protéger de lui.

— C'est vrai, reconnut Rose avec réticence. Mais elle était terrorisée.

— Et toi, non ?

— Nairo… J'avais vu ce qu'il lui avait fait. Son visage… Et des bleus sur tout le corps. Des côtes cassées.

Son ton sérieux, l'expression de son visage, tout montrait son désir qu'il comprenne. Et peut-être comprenait-il aujourd'hui, contrairement à autrefois.

Sa mère ne l'avait jamais aidée, ou si peu. Il se rappela la colère qui l'avait envahi, le feu dévorant dans ses veines à la pensée qu'à sa façon Joy Brown avait été aussi toxique que sa propre belle-mère. C'est pourquoi il avait été stupéfait d'apprendre que mère et fille vivaient ensemble et que Rose faisait le maximum pour aider la malade. Avec une générosité inattendue, elle avait visiblement pardonné ses négligences à la vieille dame, avant même qu'on ne découvre son cancer. Mais lui-même ne s'était-il pas réconcilié avec son père quand celui-ci, affaibli par la maladie, lui avait demandé de l'aide après avoir fini par reconnaître qu'il avait été fou d'ajouter foi aux mensonges égoïstes de Carmen ?

« Je voulais seulement vous donner une nouvelle *mamá*, à toi et à Meralda… »

La voix de Raoul était revenue le hanter après tant d'années. Il l'aurait cru plus volontiers si cette « nouvelle *mamá* » n'avait pas été une ex-danseuse du casino où Raoul perdait régulièrement plus d'argent qu'il n'en avait. Une femme qui n'avait que six ans de plus que Nairo…

— Rien d'étonnant à ce que je déteste les femmes despotiques, murmura-t-il. Mais en ce qui te concerne, je suis ravi d'avoir pu t'aider. Comment va ta mère ?

— De mieux en mieux. Chaque jour, elle se sent plus forte et elle a l'air beaucoup plus détendue. Comme si elle revenait à la vie. Vraiment, je ne sais comment te remercier !

— Moi, je le sais. Ce soir, Esmeralda est sortie avec

son fiancé et ses futurs beaux-parents. Je suis donc venu te demander d'accepter de dîner avec moi.

— Oh ! ce n'est pas la peine..., déclara Rose en serrant les poings pour empêcher ses mains de trembler. Je m'apprêtais à passer une soirée tranquille et...

— Je sais que tu es venue ici pour travailler, coupa-t-il avec un sourire qui la fit fondre, mais accorde-moi au moins l'occasion de te remercier d'avoir accepté.

— Me remercier ? Mais c'est plutôt à moi de te dire merci, articula-t-elle, la gorge serrée, forcée de reconnaître qu'elle n'avait pas le courage de décliner son invitation.

Il aurait été vraiment désobligeant de sa part de refuser.

De plus, quand il lui souriait de cette façon, elle oubliait l'homme qu'il avait été jadis, le froid manipulateur qui se dissimulait sous l'apparence d'un jeune homme sexy aux cheveux noirs et aux yeux brillants. Où donc était passé ce jeune homme ? Se cachait-il encore sous l'apparence sophistiquée que Nairo Moreno offrait au monde ? Il l'avait déjà trompée une fois et lui avait brisé le cœur. Pouvait-elle prendre le risque que cela se reproduise ?

Mais ce qu'il lui proposait n'était qu'un dîner dans la maison, pas un rendez-vous.

— Ce n'est qu'un dîner, remarqua justement Nairo, comme en écho à ses pensées. Rien qui puisse t'effrayer.

— Je n'ai pas peur. Je n'ai peur de rien.

Mais sa réaction avait été trop vive pour être vraiment convaincante. En voyant le sourire de Nairo s'élargir, elle comprit qu'elle avait l'air troublée.

— D'accord pour le dîner, reprit-elle en rangeant ses croquis dans un carton. J'espère que tu voudras bien m'excuser si je ne me change pas. La journée a été longue et...

Son inquiétude le fit rire.

— C'est un repas tout simple, Rose. Je ne suis pas comme les futurs beaux-parents d'Esmeralda qui exigent qu'on s'habille pour le dîner. Au contraire, ce sera l'occasion d'échapper à tout ce cérémonial et de se détendre.

— Magnifique !

Son soulagement n'était pas feint. Durant les semaines précédentes, elle avait ressenti comme une contrainte l'obligation de se changer pour le dîner. Dans la salle à manger immense et devant la table chargée de mets, elle avait eu l'impression de subir un test d'endurance, et elle avait déjà porté ses deux seules robes habillées. Son pantalon de lin bleu et son haut blanc sans manches étaient agréables, mais sans être suffisamment élégants pour la circonstance.

— Pour être franche, je me contenterais d'une simple omelette ou d'un toast au fromage.

— Pourquoi pas un *fish and chips* ? demanda Nairo sur un ton léger qui rappela à Rose l'épisode qu'il avait en tête.

En ce mois de décembre, ils avaient tous deux réussi à trouver du travail en intérim et, pour fêter leur premier salaire depuis des semaines, ils avaient acheté un *fish and chips* qu'ils avaient dévoré directement dans le papier, les doigts gourds de froid. Ce froid qui lui semblait resurgir du passé pour lui glacer le cœur. Et même si elle n'avait aucun confort et aucun endroit sûr où vivre, elle s'était sentie plus heureuse que jamais. Follement amoureuse de l'homme qu'elle appelait Jett, elle avait une telle confiance en lui qu'elle lui avait offert son corps et sa virginité sans l'ombre d'une hésitation.

Vingt-quatre heures plus tard, Nairo avait commencé à lui parler d'un moyen de gagner plus d'argent et d'assurer leur avenir, et la cruelle vérité s'était fait jour dans son esprit.

— Je ne mange plus de frites, répondit-elle. C'est trop gras.

En voyant son regard parcourir son corps en s'attardant sur sa taille et sur ses hanches, elle regretta aussitôt ses paroles.

— Tu n'as pas de souci à te faire à ce sujet, Red, dit-il en la défiant du regard. Inutile d'aller chercher les compliments.

— Ce n'est pas le cas, et mon nom est Rose. Je ne suis plus Red pour personne.

— Pour moi, tu seras toujours Red.

Elle n'eut pas le temps d'interpréter cette réponse car il tourna les talons et se dirigea vers la maison.

— Je peux t'offrir une omelette, si tu préfères…

Rose le suivit en s'efforçant de dissimuler sa confusion, mais il n'entra pas dans l'élégante salle à manger où elle avait toujours pris ses repas. Il traversa le vaste hall pour ressortir par la porte d'entrée principale.

— Attends une minute. Où allons-nous ? Je croyais…

— Je t'ai invitée à dîner et tu as accepté.

— Oui, mais…

Elle se retourna pour jeter un coup d'œil dans la maison. Quand elle lui fit de nouveau face, elle vit un éclair amusé dans ses yeux.

— Je croyais que tu en avais assez du cérémonial.

— C'est vrai, mais…

— Par ici, dit-il en lui prenant la main pour l'entraîner à l'extérieur.

Elle se laissa guider le long d'une allée de gravier jusqu'à une autre porte qui s'ouvrait dans le mur du *castillo*.

— Où sommes-nous ? demanda-t-elle tandis qu'il glissait une clé dans la serrure.

— Chez moi, dans mon appartement, dit-il en ouvrant grand la porte avant de s'effacer pour la laisser entrer.

— *Mi casa es su casa.*

Elle fit quelques pas sur le plancher ciré en contemplant les hauts plafonds blancs qui s'élevaient au-dessus du hall, et la large cage d'escalier. Derrière une porte entrouverte, elle aperçut un salon meublé de canapés rouges et de tapis multicolores. Les murs étaient tapissés de bibliothèques, et malgré le soleil couchant la lumière entrait à flots dans la pièce. Dès qu'elle y eut pénétré, elle éprouva une impression de confort et de détente plus agréable que dans les autres pièces du *castillo* à l'ameublement plus traditionnel. Dans cette pièce, on se sentait vraiment chez soi.

Cela résolvait une énigme qui l'intriguait depuis son arrivée. Quand Nairo ne dînait pas avec sa sœur et elle, Rose supposait qu'il sortait, pour son travail ou pour dîner avec l'une de ces belles femmes qu'il fréquentait, à en croire les magazines. Jamais elle n'avait imaginé qu'il avait un appartement privé dans le château, mais quelque chose dans cette pièce lui semblait familier.

Nairo l'observait tandis qu'elle regardait autour d'elle, debout au centre de la pièce, visiblement très troublée. C'était ce qu'il espérait, et il éprouvait une profonde satisfaction qu'elle soit si surprise de découvrir son refuge à l'intérieur même du *castillo*.

Esmeralda aussi aurait été stupéfaite d'apprendre qu'il y avait emmené Rose, ce soir. Jamais il n'avait introduit personne dans ce lieu, et surtout pas les femmes qu'il fréquentait. Ces relations, il les menait loin du château, au domicile de l'élue, ou dans la suite discrète d'un hôtel de luxe. Cet appartement, en revanche, était son refuge depuis qu'il était rentré d'Argentine, un lieu absolument privé où il vivait dans la solitude qui lui avait été refusée quand sa belle-mère ou les conquêtes plus récentes de son père résidaient dans l'aile principale du *castillo*.

Ce lieu lui avait servi de retraite à son retour, tandis qu'il cherchait à éviter que la propriété ne fasse faillite. Il y était toujours seul. Il avait beau adorer sa sœur et avoir renoué avec son père avant la mort de celui-ci, il avait besoin d'intimité pour réfléchir et d'espace pour se détendre. Pourtant, en ce moment, il était loin de se sentir détendu et il se demandait ce qui lui avait pris d'inviter Rose et de l'introduire dans son sanctuaire. D'autant qu'il était fatigué d'attendre et qu'il n'allait plus pouvoir se contenir très longtemps.

Il lui était devenu insupportable de la voir dans l'autre partie du *castillo*, en compagnie d'Esmeralda ou d'Oscar et de sa famille. Il la voulait pour lui seul, juste elle et lui. Les sentiments qu'elle lui inspirait ne pouvaient s'exprimer en public, ni devant personne d'autre, seulement dans l'intimité brûlante de la chambre à coucher.

Mais pour l'instant, ils avaient toute la soirée devant eux. Alors à lui de jouer habilement sa partie.

— Verse-toi un verre de vin et viens bavarder avec moi dans la cuisine.

— Parce que tu cuisines ? Pour de bon ?

— Bien sûr. Des plats simples. On avait parlé d'une omelette, n'est-ce pas ?

S'il lui avait proposé autre chose, elle se serait crispée en se disant que c'était une très mauvaise idée, mais il paraissait si détendu qu'elle avait l'impression de rentrer à la maison.

Non ! Elle ne pouvait pas s'autoriser à croire cela. Cet appartement n'avait rien à voir avec le sien, malgré ses couleurs chaudes et ses planchers très clairs, si différents de ceux de l'autre aile du *castillo* où l'on vivait comme dans un musée.

— Verse-m'en un à moi aussi, continua Nairo avant de franchir une porte, au fond de la pièce, qui devait mener à la cuisine.

Rose prit la bouteille sur la table et s'exécuta, le cœur battant, avant de la reposer pour que le vin s'aère. Il était donc si convaincu qu'elle accepterait son invitation qu'il avait déjà sorti du vin de sa cave… Elle faillit tourner les talons mais elle se reprit, refusant de céder à la peur qui lui nouait l'estomac.

Elle avait dit à Nairo qu'il ne lui faisait pas peur, et elle se devait de le lui prouver et de saisir sa chance d'affronter leur passé commun. Elle reprit la bouteille et se dirigea d'un pas ferme vers la cuisine, mais à mi-chemin elle comprit soudain pourquoi cet appartement lui avait d'emblée paru étrangement familier.

Une nuit où le vent secouait les fenêtres du squat et où ils étaient blottis l'un contre l'autre pour se protéger du froid, elle lui avait confié certains de ses secrets, ses angoisses et son malheur. Pas seulement quand elle vivait chez son beau-père, mais aussi avant, quand sa mère se battait pour leur assurer un toit et qu'elles n'avaient le plus souvent qu'une pièce à partager. En comparaison, la petite maison de Fred Brown avait l'air d'un paradis. Du moins au début, tant qu'elle n'avait pas connu la peur et la détresse qui l'attendaient derrière la porte de ce tranquille pavillon de banlieue.

Pour la distraire, Nairo lui avait proposé d'imaginer et de décrire sa maison idéale. Puis il s'y était essayé à son tour. La pièce où elle se trouvait correspondait en tout point à l'une de celles qu'il lui avait détaillées alors.

Dans la cuisine, elle le trouva déjà à l'œuvre, efficace et rapide, en train de hacher des oignons et des poivrons avec un couteau bien aiguisé.

— Le vin…

Elle posa le verre plein devant lui sur l'îlot central et s'adossa au plan de travail pour déguster le sien. Elle ne pouvait quitter des yeux ses mains, fines et puissantes, qui s'affairaient avec soin et célérité. Il avait remonté les manches de son impeccable chemise blanche jusqu'aux coudes, découvrant ses avant-bras hâlés et ombrés d'une légère toison très brune. En admirant la souplesse des muscles sous sa peau soyeuse, elle fut si troublée qu'elle dut avaler en hâte une nouvelle gorgée de ce vin délicieux.

Tout son corps frémissait au souvenir des caresses que lui avaient prodiguées ces mains aux longs doigts habiles.

— Que se passe-t-il, Rose ?

Nairo avait remarqué son air absent. Il s'arrêta dans sa préparation et releva la tête pour suivre son regard de ses yeux couleur de bronze.

— Tu aimerais en voir davantage ? demanda-t-il en baissant les yeux sur ses bras découverts.

Il y avait du danger dans cette question, tout comme dans le regard aigu qu'il posait sur elle.

— Je…

Il se redressa et tendit les bras, exposant de nouveau son élégante musculature, comme s'il s'apprêtait à la toucher.

— Pas de piqûres d'aiguille, pas de cicatrices, pas de trace d'usage de drogue. Ce ne sont pas des bras de drogué, pas vrai, *querida* ?

La façon dont il lui avait jeté ces mots au visage était en totale opposition avec ce terme affectueux. Rose leva les yeux pour les plonger dans les siens.

— À moins que tu ne croies que j'absorbe tout par le nez ?

— Mais non ! s'écria-t-elle instinctivement.

Pas lui, pas Nairo, cet homme d'affaires travailleur et respecté, si dévoué à sa petite sœur…

Pourtant, l'homme qui se tenait devant elle n'était autre que le Jett qu'elle avait connu des années plus tôt et dont elle était convaincue qu'il…

Soudain, elle comprit qu'à cette époque elle avait seulement très peur. Mais à la rage froide qu'elle lut dans ses yeux en cet instant, elle sut qu'elle avait plus de raisons encore de le craindre aujourd'hui. Car cette rage était parfaitement justifiée.

— Je n'ai jamais cru… Tu sais, j'avais passé des semaines avec toi. On vivait ensemble… On se voyait nuit et jour. Je savais que tu n'étais pas un drogué !

Elle se demanda comment il allait réagir, mais elle savait qu'il n'allait pas se mettre à rire cyniquement en rejetant la tête en arrière. Elle ne pouvait plus penser qu'à la sensation qu'elle éprouvait jadis quand elle se blottissait contre lui dans le sac de couchage, la tête sur son épaule et le nez sur la peau hâlée de son cou, percevant chaque mouvement de ses muscles et l'odeur de son corps. Même au bout de dix ans, ce souvenir lui revenait avec une intensité qui lui lacérait le cœur.

— Mais tu pensais que je fournissais de la drogue à d'autres, pour en tirer profit ?

S'il avait élevé la voix et lui avait crié dessus, elle aurait sans doute eu la force d'aller jusqu'à la porte. Mais son ton était neutre, presque aimable, comme s'ils avaient échangé des propos banals et non évoqué le passé douloureux qui les avait marqués tous deux. Elle sentait bien pourtant toute la difficulté qu'il avait à se contrôler et à lui parler sur ce ton.

C'était inévitable. À un moment, toute cette boue devait refaire surface. Mais ces dernières semaines, elle avait vécu de façon si paisible, si facile qu'elle avait fini par penser que, peut-être, cela n'avait plus d'importance. Qu'elle allait achever sa tâche et repartir indemne...

Mais qui avait-elle cherché à tromper ? Dès l'instant où il était entré dans sa boutique — et dans sa vie — elle s'était sentie en danger. Le passé avait laissé dans son cœur de profondes cicatrices et son retour avait prouvé que ses blessures n'étaient pas vraiment guéries. Il avait suffi d'un mot, d'un contact, d'un baiser échangé le soir du défilé pour que le voile qui les dissimulait se déchire, découvrant aux yeux de tous des plaies restées à vif.

Elle était surprise qu'il ait attendu si longtemps.

— Et pourtant, tu étais prête à oublier mon passé criminel pour obtenir la commande d'une robe de mariée ?

Lui, évidemment, il n'avait agi que pour Esmeralda, pour que sa sœur puisse revêtir la robe de ses rêves, et rien ne devait éclater avant le mariage. Mais maintenant, on aurait dit qu'il était satisfait de la façon dont la situation avait tourné et qu'il prenait plaisir à la défier.

— Tu avais donc une si mauvaise opinion de moi ? reprit-il.

Au contraire, elle l'avait placé si haut que sa désillusion n'en avait été que plus cuisante.

— Je vous avais vus.

Nairo reposa son couteau sur la planche à découper, abandonnant visiblement tout projet de préparer quelque chose à manger.

— Tu avais vu qui ?

— Julie et toi…

— Julie ?

Il se rappelait à peine ce nom, mais peu à peu une image lui revint en mémoire. Une blonde à forte poitrine, la dernière à avoir réchauffé la couche de Jason tout en affichant l'intérêt qu'elle lui portait à lui, Nairo. Dès que Jason sortait du squat, elle cherchait à flirter avec lui, mais en général elle attendait aussi que Rose soit sortie. Rose les avait-elle surpris… ?

— Julie ne comptait pas pour moi.

— Je t'ai pourtant vu l'embrasser, répondit-elle en ravalant les larmes qui lui montaient aux yeux.

— *Infierno*, tu n'as pas pu voir ça ! lança-t-il avant de reprendre son couteau et de se remettre à hacher le poivron.

Il fallait absolument qu'il évite de la toucher.

— Tu n'as rien vu du tout, ajouta-t-il. Tout ce que tu as pu voir, c'est Julie en train d'essayer de m'embrasser.

— Et toi, tu te battais pour chercher à lui échapper ? ironisa Rose.

À cet instant, Nairo se souvint précisément de ce baiser qu'il avait donné à Julie au moment où il tentait de la convaincre de quitter le squat pour échapper à Jason et à tous ses trafics. Elle lui avait dit qu'elle le ferait s'il partait avec elle et, quand il avait refusé, les larmes lui étaient montées aux yeux. Il avait tenté de la convaincre et de lui expliquer qu'il était déjà engagé. C'était d'ailleurs la seule fois où il avait reconnu le lien qui l'attachait à Rose. Il ne l'avait même pas avoué à Rose elle-même — ce dont il s'était félicité un peu plus tard.

— Non, mais elle, elle ne m'a pas trahi.

— Et moi, j'aurais dû rester là et…

— Et quoi, Rose ?

Le couteau trancha le poivron si violemment qu'il s'enfonça dans le bois de la planche où il laissa une entaille.

— Très bien, reprit-il. Je l'ai embrassée. Si je n'ai rien fait de pire…

L'avait-elle quitté uniquement parce qu'elle l'avait vu embrasser Julie ? Comptait-il donc si peu pour elle ? Il s'acharnait sur le poivron, réduisant la chair rouge en bouillie.

— Tu ne lui fournissais pas d'héroïne ?

— Pardon ?

Les doigts de Nairo se crispèrent si fort sur le manche du couteau que ses articulations blanchirent. S'il regardait Rose, il risquait de perdre le peu de contrôle qu'il gardait encore. Comment pouvait-elle l'avoir cru capable d'un tel crime ?

— Tu lui fournissais de la drogue.

Il revit le squat et se rappela le long baiser qu'il avait échangé avec Julie. C'était elle qui l'avait prolongé, pas lui. À ce moment-là, il tentait de la convaincre d'arrêter, de changer de route car celle qu'elle avait prise ne pouvait la mener qu'en enfer.

« Il faut que tu t'éloignes d'ici, lui avait-il dit, et que tu prennes un nouveau départ. Moi-même, c'est ce que je vais faire. Je ne peux plus rester ici. »

Il avait tenté de lui arracher le petit sachet de poudre qu'elle serrait au creux de sa main.

« Arrête ça, Julie. Arrête, et je t'emmènerai, si tu veux. »

Était-il possible qu'en les voyant Rose ait cru qu'il encourageait Julie à se droguer ? Il avait toujours su que ce n'était pas sans motif qu'elle l'avait dénoncé à la police. L'ambiance délétère qui régnait dans le squat le poussait d'ailleurs lui aussi à en partir. Mais comment avait-elle pu penser qu'il était derrière tout ça, sans même lui poser la question et lui donner une chance de se justifier ? Au lieu de quoi elle était partie sans un regard en arrière.

Maintenant, il soupçonnait qu'elle avait dû ajouter à sa liste d'autres crimes imaginaires. Et comme son père, elle avait préféré interpréter elle-même ce qu'elle avait vu et croire qu'il l'avait trahie plutôt que de lui poser directement la question.

— Je ne lui ai rien procuré. Ni drogue, ni quoi que ce soit d'autre.

Absolument rien. Comment l'aurait-il pu alors que, à cette époque, le peu de cœur qui lui restait appartenait à une autre ? À la femme qui se tenait en face de lui dans la cuisine et l'accusait de…

Il releva la tête et son regard se brouilla tandis qu'il essayait de se concentrer sur ce visage qui jadis avait tant compté pour lui. Même si elle n'était plus la Red qu'il avait connue, elle était toujours aussi belle. Mais avait-il vraiment connu Red ? Durant un court instant, elle avait donné du sens à sa vie, lui avait indiqué un chemin à suivre, malgré tout le mépris qu'il lui inspirait.

— Comment as-tu pu croire que je vendais de l'héroïne ?

6.

— Dis-moi la vérité. C'est vraiment ce que tu croyais ?

À l'expression de son visage, il devinait la réponse. Mais désormais, il lui était impossible de se taire plus longtemps.

— Tu en tenais dans le creux de ta main, ce jour-là. Et après, brusquement, tu as eu de l'argent. Tu m'as dit : « J'ai trouvé un moyen de nous sortir de là. J'ai un projet. »

Les mots étaient restés en suspens entre eux dans le calme de la nuit, des mots qu'on pouvait interpréter — il le comprenait aujourd'hui — de différentes façons. Comme elle l'avait fait. « Mais il me faut de l'argent. Donne-moi seulement quelques jours encore. »

— Je t'ai dit que j'allais nous tirer de là, que je m'y employais. Mais toi, tu n'as pas attendu. Tu es partie en courant… Et tu es allée trouver la police pour raconter…

— Il le fallait, Jett.

Sans le vouloir, elle avait usé de son ancien prénom, celui dont elle se servait jadis, avec amour — c'est du moins ce qu'il croyait alors, mais il se trompait.

— Je ne pouvais pas rester assise et risquer que…

— Risquer quoi ? lança-t-il d'une voix rauque. Risquer quoi, madame Cavalliero ?

— Jett, Toby était mort d'une overdose, un mauvais lot de cette saleté. Je ne pouvais pas risquer que ça se reproduise.

— Toi ? Toi ? Oh ! *Infierno !*

Le couteau avec lequel il continuait à hacher les poivrons

venait de s'enfoncer profondément dans un de ses doigts. Sous l'effet de la douleur, sa colère se dissipa.

— Oh ! Nairo…

Elle se précipita vers lui et prit ses doigts dans les siens. Le couteau tomba sur le plan de travail avec un bruit sec, tandis qu'elle guidait Nairo vers l'évier. Elle ouvrit le robinet et lui mit le doigt sous l'eau, puis le compressa jusqu'à ce qu'il arrête de saigner. Elle prit ensuite une serviette qu'elle roula sur la vilaine blessure.

— Tiens ça bien serré ! dit-elle sur un ton autoritaire que tempérait une touche d'inquiétude. Tu as une trousse à pharmacie ?

— Dans ce placard, second tiroir.

Rose trouva facilement les compresses stériles, mais ses mains tremblaient quand elle les sortit. Elle réussit quand même à terminer le pansement.

— *Gracias.*

La tête toujours baissée, elle voulut lui lâcher la main, mais n'y parvint pas et fut étonnée de voir qu'il la lui abandonnait.

— Merci, répéta-t-il d'une voix si rauque qu'elle finit par lever les yeux. Rose…

Dans les prunelles de Nairo, son visage se reflétait, très pâle. Sa main tenait toujours la sienne.

— Rose, écoute-moi, je t'en prie…

Elle avait l'impression que cette voix touchait chacun de ses nerfs. Incapable de bouger, elle se résigna à l'entendre.

— Je n'ai jamais vendu de drogue, ni à Julie, ni à personne d'autre. C'est la vérité, que tu me croies ou non. J'aurais préféré mourir que de devenir un dealer.

Il n'avançait aucune preuve, mais elle ne songea pas à lui en demander. Elle était sous le choc. Cette vérité la frappait en plein visage, comme une gifle, faisant vaciller toutes ses certitudes. Comment avait-elle pu commettre pareille erreur ? Comment avait-elle pu se laisser abuser à ce point ?

Elle comprit soudain, et en éprouva une blessure plus profonde encore que celle que venait de s'infliger Nairo avec son couteau. Elle réalisait enfin à quel point elle était terrorisée dans le squat. Pas seulement par Jett, mais aussi par tous les autres.

Sa mère, son beau-père, personne ne s'était intéressé à elle. Ils n'avaient pensé qu'à eux, et elle croyait au plus de profond de son cœur qu'il en irait toujours de même. Surtout avec les hommes.

Même avec Jett…

Elle avait cru l'aimer, mais était-ce bien la vérité ? Pouvait-on vraiment dire qu'on aimait quelqu'un en qui on n'avait pas une absolue confiance ?

Le souvenir de la profonde entaille qu'elle venait de panser la faisait frissonner, mais cette cruelle prise de conscience la glaçait davantage encore : comment avait-elle pu commettre une pareille erreur, la pire de sa vie, et perdre la personne à qui elle tenait le plus au monde ?

Cet homme à qui elle tenait tant ne lui avait jamais dit qu'il l'aimait. Elle, elle était sûre de l'aimer, mais cet amour était-il partagé ?

— Mais la police…

Elle sentit la main de Nairo se resserrer sur la sienne.

— Oui, la police est venue. C'est bien pour ça que tu les avais appelés, n'est-ce pas ? lança-t-il en la fixant droit dans les yeux.

Mais Rose n'était plus là. Plongée dans le passé, elle revivait cette soirée de Noël, sombre et froide. Incapable de fuir loin du squat, comme elle avait projeté de le faire, elle s'était cachée dans l'ombre, de l'autre côté de la rue, et elle avait observé la police qui entrait dans la maison avant d'en faire sortir tous les habitants. Ayant vu Nairo monter dans la voiture qui attendait et partir en direction du commissariat, elle l'avait cru en état d'arrestation.

— Non, ils ne m'ont pas arrêté, reprit-il, comme si dans son regard, il lisait ses pensées. Ils n'avaient rien contre moi. Ils ont perquisitionné la maison et nous ont emmenés pour nous interroger. Si tu étais restée un peu plus longtemps, tu en aurais appris davantage.

Prise au dépourvu, elle se mordit violemment la lèvre. Quand la voiture s'était éloignée, elle avait senti qu'il l'avait repérée dans l'ombre. Elle avait fait un pas en arrière, mais…

— Tu m'avais vue ?

— Oui.

Il avait donc compris alors qu'elle l'avait dénoncé. C'est par sa faute qu'ils avaient tous été emmenés.

— Il le fallait, tu dois le comprendre. Je ne pouvais pas garder un tel poids sur la conscience…

— Et ta conscience si délicate, tu croyais que c'était moi qui l'offensais ? À cause de ce que t'avait fait subir ton beau-père, tu voyais le mal partout et tu t'imaginais que, moi aussi, j'étais un pervers ? À moins qu'il y ait eu autre chose ?

— Je ne vois pas quoi ?

La facilité avec laquelle il avait déjà pénétré ses pensées et la crainte de ce qu'il n'allait pas tarder à découvrir faisaient trembler sa voix. Elle serra sa main plus fort dans la sienne.

— Ils n'ont rien trouvé sur moi, Red, assura-t-il en insistant sur ce surnom avec une ironie amère. Ni seringue, ni trace de poudre. Je n'avais rien sur la conscience, ni cette nuit-là ni jamais. Contrairement à Jason. Le dealer du squat, c'était lui. Donc, ton argent, tu ne l'avais pas vraiment mérité.

— Mon argent ? Quel argent ?

En découvrant le rictus qui tordait la bouche de Nairo, elle voulut lui arracher sa main, mais il resserra son emprise sur son poignet, la retenant prisonnière. De toute façon, elle se sentait si faible sur ses jambes qu'elle n'aurait pas pu faire un pas. Comme si elle avait reçu un coup dans la poitrine qui lui coupait le souffle.

— La récompense promise par les parents de Toby à quiconque aiderait à retrouver le dealer de la drogue qui l'avait tué. Ce n'est pas cela qui t'a poussée à agir ?

— Non ! Certainement pas !

Une fois encore, elle tenta de se dégager, mais il resserra encore l'emprise de ses doigts puissants, comme pour l'attirer plus près encore de lui ; elle sentit son torse effleurer ses seins et son souffle tiède sur sa joue.

— Jamais je n'ai… Je n'aurais pas pu…

— Tu sais, *querida*, si j'en avais envie, je pourrais presque te croire…

— Mais ce n'est pas le cas, n'est-ce pas ? lança-t-elle, meurtrie par sa réponse comme par un coup de poignard. Tu n'en as pas envie. Tu as envie de croire que je t'ai livré à la police et trahi pour toucher cet argent.

Il haussa les épaules avec indifférence, balayant d'un revers de main ses protestations d'innocence.

— C'était il y a si longtemps. Tout ça, maintenant, c'est loin derrière moi. Quant à me sentir trahi, ajouta-t-il avec une horrible douceur dans la voix, ma chère Red, encore aurait-il fallu pour cela que je sois affecté…

Elle frémit sous la morsure de ses mots, mais réussit à ne rien en laisser paraître et à trouver suffisamment de force intérieure pour relever le défi.

— Tu crois donc que la seule raison pour laquelle je suis partie, c'était cet argent ? Tu te trouvais donc si irrésistible que tu n'imaginais même pas que je puisse tout simplement vouloir te quitter ? Ça ne t'est jamais venu à l'esprit que je pouvais avoir envie — ou besoin — d'autre chose ?

Un souvenir lui revint, le même qui l'avait terrassée quand elle était entrée dans l'appartement et avait reconnu la maison que Nairo lui avait décrite. Il aurait aimé qu'elle lui réponde en lui décrivant sa propre maison idéale, mais elle en avait été incapable. Elle ne savait même pas à quoi pouvait ressembler une vraie maison. Pour elle, c'était seulement un endroit où elle se trouverait en sécurité, avec des gens en qui elle pouvait avoir confiance.

— Ce que je voulais, c'est tout ce que Rose possède maintenant, pas le squat où Red vivait avec toi.

— Alors, tu te mentais à toi-même, répliqua Nairo d'une voix dure, coupant court à ses protestations. Et tu as continué à te mentir pendant dix ans, avec ton Lord Andrew et ton mariage avorté !

Sa bouche n'était plus qu'à quelques centimètres de celle de Rose. Si elle avait levé la tête, leurs lèvres se seraient touchées. Elle frémit intérieurement à la pensée de ce qu'elle ressentirait si cela se produisait — ce qu'elle l'espérait et redoutait à la fois.

— Rien ne pouvait surpasser la passion qui nous avait consumés dès l'instant où nous nous étions rencontrés et qui nous avait poussés, moi à te ramasser dans la rue, et toi à m'offrir ta virginité, sans l'ombre d'une hésitation.

Impossible de le nier, à l'époque, elle n'avait pas d'autre désir, et elle avait beau vouloir l'oublier aujourd'hui, ses sentiments étaient demeurés identiques.

Ou plutôt, non. Par le passé, elle était tombée dans ses bras, en toute naïveté. Nairo l'avait sauvée alors qu'elle était seule et abandonnée, errant sans espoir et sans toit dans les rues de Londres. Pour elle, il avait été un chevalier dans sa brillante armure, son sauveur. Mais il n'avait rien d'autre à lui offrir que cette folle passion et, pour elle, ce n'était pas suffisant, et elle avait laissé grandir sa peur jusqu'à se persuader que la fuite était la seule solution. Ce qu'elle avait fui, c'était le manque d'amour, pas un revendeur de drogue.

Et le pire, c'est qu'elle avait beau l'avoir compris désormais, cela ne pouvait plus rien changer.

Dès l'instant où elle avait vu le couteau s'enfoncer dans sa chair et ressenti l'horreur de voir cette main superbe mutilée, elle avait enfin reconnu ce qu'elle s'était refusée à admettre. Elle se rappela qu'ils avaient jadis fait l'amour sans protection et une bouffée brûlante lui parcourut le corps au souvenir de tant de naïveté. Jamais elle n'avait réussi à maîtriser le désir que Nairo lui inspirait. Elle se jugeait donc aussi irresponsable que sa mère qui devait avoir le même âge quand elle s'était retrouvée enceinte. Nairo, lui, s'était toujours montré beaucoup plus raisonnable, mais, selon elle, uniquement parce qu'il redoutait les conséquences d'un acte inconsidéré et pour éviter d'avoir à en assumer la responsabilité.

Maintenant qu'elle savait où il disparaissait, dans cet appartement privé, elle était également confrontée à tout ce qu'elle avait imaginé quand il ne les rejoignait pas pour le repas : Nairo dînant en ville chaque soir avec une femme différente qu'il raccompagnait chez elle et avec qui il faisait l'amour…

Mais peut-être, en définitive, passait-il ses soirées seul chez lui ? Peut-être ne quittait-il pas le *castillo* ?

Pouvait-elle s'autoriser à penser qu'il n'y avait personne dans sa vie ? Personne…

Rien ne pouvait surpasser la passion qui nous avait consumés dès l'instant où nous nous étions rencontrés.

Cette passion, était-il possible qu'elle le consume, aujourd'hui encore ?

Elle voulut relever le menton pour le défier, mais ne réussit qu'à rapprocher encore ses lèvres des siennes, si proches qu'elle sentait son souffle sur sa peau et presque leur goût sur sa langue.

— Ce n'est pas vrai.

Elle chancelait et le moindre souffle de brise l'emporterait.

La nécessité d'accepter la réalité qu'il venait de lui révéler lui brûlait les veines, et ses doigts vibraient à son contact. Elle avait beau savoir qu'elle aurait dû s'écarter, elle n'en était plus capable. Ce contact, elle en avait un besoin vital, elle aspirait à plus encore, même si sa raison la torturait, refusant de s'abandonner au désir qui faisait battre son cœur si vite.

Elle aurait voulu qu'il fasse le premier geste, mais au fond d'elle-même elle se trouvait lâche. Puisqu'elle en avait tant envie, elle se devait de le reconnaître, de l'accepter. Sinon, demain, elle n'aurait plus que des regrets.

Mais si elle s'abandonnait, ne risquait-elle pas de le regretter bien plus encore ?

— Bien sûr que si, déclara Nairo. Si tu avais partagé la même passion avec un autre, en ce moment, tu serais avec lui. Mais il n'y a eu personne — et sûrement pas ton Lord Andrew. Es-tu prête à l'avouer ou persistes-tu à dire que je mens ?

Le danger, réalisa Nairo, c'est qu'en fait il s'adressait à lui-même. Il ne se contentait pas de pousser Rose à reconnaître ce qu'il avait été et qu'il était encore pour elle. Cette vérité, il devait s'obliger lui-même à l'admettre et à reconsidérer la vie qu'il avait menée depuis leur séparation, dix ans plus tôt. Pour lui non plus, personne n'avait autant compté, aucune femme ne l'avait pris au piège depuis que Rose l'avait laissé tomber, par cette sombre nuit de décembre. Évidemment, il y avait eu d'autres femmes — beaucoup trop — pour le réchauffer dans leur lit et exciter ses appétits. Mais aucune ne l'avait enflammé comme Rose, ni réellement comblé.

Elles réussissaient à satisfaire ses besoins les plus primitifs mais, quand il quittait leur lit, il se sentait si vide et si frustré qu'il renonçait vite à elles. Il n'avait rien à leur donner et elles ne pouvaient lui faire oublier le vide qu'il ressentait. Il s'était donc concentré sur son travail au domaine et sur ses affaires. Au début, il s'était persuadé qu'il agissait ainsi pour reconstruire sa relation avec son père, pour regagner le respect de Raoul, mais en réalité il était toujours prisonnier de sa relation avec Red.

Il fallait donc qu'il la garde auprès de lui, qu'il l'empêche de partir pour se gorger de son corps tiède et docile et assouvir la faim qui le tenaillait, cette obsession folle et aveugle qui le hantait. Il fallait qu'il se rassasie d'elle pour pouvoir enfin repartir…

— Non, murmura Rose dans un souffle.

Cette simple syllabe était si inattendue qu'elle produisit une sorte de choc en lui. Il leva les yeux pour chercher son regard.

— Tu ne veux pas reconnaître que…

— Non. Tu n'as pas menti.

S'il avait décelé dans sa voix la moindre fêlure, la moindre hésitation, il l'aurait lâchée et se serait écarté d'elle pour se forcer à concentrer son attention sur le plat qu'il préparait, même s'il était fou de désir. *Infierno*, il avait trop envie de la posséder, de goûter enfin sa bouche, de sentir la tiédeur de sa peau sous ses doigts, la douceur de son corps qui cédait !

C'est à cet abandon qu'il aspirait, à cette docilité, qu'elle soit aussi avide de contact qu'elle l'avait été des années plus tôt. Rien d'autre ne pouvait le satisfaire. Depuis son arrivée au *castillo*, il avait souffert l'enfer de ne pouvoir poser les mains sur elle, et maintenant son sang bouillait dans ses veines d'un désir douloureux et il ne parvenait pas à croire ce qu'elle lui disait.

— J'aimerais te dire que je ne ressens rien de tout cela, mais je mentirais.

À son regard, elle sut qu'il était stupéfait.

— Rose, que veux-tu dire ?

Pouvait-il sans la toucher se pencher davantage encore sur son visage, sur sa bouche ? Savait-il quel tourment elle endurait à le sentir si près sans le toucher ? À baigner dans sa tiédeur, dans son odeur, à sentir son souffle sur sa joue ?

— Je… Je…

Elle ne trouva pas les mots pour exprimer le refus que lui dictait son désir de se protéger. Un refus qui n'était plus désormais que mensonge.

— Je… Oh ! Nairo… Embrasse-moi ! Maintenant !

7.

Elle ne savait pas qui avait bougé le premier. Avait-elle levé le visage et comblé l'espace infime qui séparait leurs lèvres, dans un sursaut de passion ? Ou était-ce lui qui avait baissé la tête en réponse à son invite ? Ou peut-être pour l'empêcher de se rétracter ?

Pourtant, elle se sentait bien incapable de nier la faim qui la dévorait depuis l'instant où il était entré dans sa boutique. Elle avait l'impression que telle la Belle au Bois dormant, elle venait de dormir dix ans, attendant le baiser du prince.

Un prince ? Qui cherchait-elle à tromper ? Elle-même ? Il n'était pas davantage un prince de conte de fées aujourd'hui qu'il n'avait été jadis le chevalier en armure dont elle rêvait. Il ne lui avait rien promis, pas d'avenir radieux, et d'ailleurs elle s'en moquait.

Tout ce qu'elle voulait c'était Nairo, cet homme, ici et maintenant. Son baiser brutal et dévastateur, sous lequel sa bouche s'ouvrait pour mieux le savourer et faire danser sa langue contre la sienne dans un ballet intime. La caresse de ses doigts puissants sur sa peau qui dégageaient sa chemise de la ceinture de son jean, lui mettant les nerfs à vif tandis qu'il pressait son corps brûlant contre le sien…

Dans un élan irrésistible, elle se sentit soulevée du sol par ses bras d'acier. Avec un soupir d'abandon, elle noua les bras autour de son cou et plongea les doigts dans l'épaisseur de sa sombre chevelure, submergée par ses sensations comme par une vague qui envahissait son corps tout entier.

— Cela, jamais tu ne pourras le nier, ni l'oublier, murmura Nairo contre sa bouche en écartant son chemisier si violemment que les boutons sautèrent et tombèrent sur le sol.

— Jamais, répéta-t-elle en écho, incapable de trouver d'autres mots, arrachée à la réalité et transportée dans un monde où il n'y avait plus qu'eux deux et cette flamme qui consumait toutes les barrières qui les avaient séparés.

D'une main tremblante, elle lui caressa le visage, sentant sous ses doigts la rugosité de sa barbe naissante. Elle n'arrivait pas à croire qu'elle était libre de le toucher, de l'embrasser comme elle le faisait jadis. Il lui semblait que, si elle ouvrait les yeux, la cuisine immaculée disparaîtrait et qu'elle se retrouverait dans ce squat froid et crasseux qui n'en demeurait pas moins pour elle un lieu de délices. Parce qu'elle y avait vécu avec Jett et qu'elle y avait laissé son cœur, même si elle y avait perdu ses illusions.

— Jamais, jamais, jamais..., souffla-t-elle en le prenant par le menton pour l'attirer à elle avant de suivre du bout de la langue le dessin de ses lèvres.

Mais soudain, Nairo referma les bras sur elle, la souleva du plan de travail où elle s'était assise et la laissa glisser le long de son corps brûlant et tendu.

— Non ! Pas comme ça ! Pas ici !

— Si ! Ici ! Maintenant...

Au grand soulagement de Rose, il l'entraîna vers la porte.

— Je m'étais juré que la prochaine fois que ça nous arriverait, ce serait dans un vrai lit, murmura-t-il, la bouche sur ses cheveux. Pas dans un sac de couchage crasseux posé à même le sol.

Rose se dit que dans ce sac de couchage, elle s'était sentie parfaitement heureuse. Jamais depuis elle n'avait cessé de penser à cet homme. Tout le temps.

Mais quand il la déposa sur l'immense lit moelleux et qu'elle sentit sous son corps brûlant la fraîcheur et la douceur d'un fin coton, elle éprouva, au-delà du désir qui l'embrasait, un imperceptible frémissement d'hésitation, l'ombre d'un doute, le temps d'un battement de cœur. Jusqu'à ce que Nairo se penche sur elle et se mette à la caresser et à explorer de sa bouche son visage, ses lèvres, tout en lui ôtant sa chemise pour dégrafer son soutien-gorge de dentelle.

Enivrée par ce contact, Rose renversa la tête en arrière tandis que la bouche de Nairo errait sur sa gorge et sur ses épaules, puis sur ses seins. Le souffle court, elle arqua le corps pour mieux goûter la pression de ses baisers sur sa chair de plus en plus brûlante, tandis qu'une chaude humidité sourdait entre ses cuisses. Quand les lèvres de Nairo s'attardèrent sur un de ses tétons, qu'il se mit à agacer du bout des dents et de la langue, elle sentit chacun de ses nerfs vibrer dans tout son corps.

— Nairo, murmura-t-elle en le prenant par les épaules pour l'attirer à elle.

Dans l'impatience du désir qui la dévorait, elle chercha à écarter ses vêtements, arrachant les boutons de sa chemise, comme il avait fait sauter sans ménagement ceux de son haut quelques minutes plus tôt.

— J'ai envie… J'ai envie…

— Je sais, *querida*, souffla-t-il d'une voix rauque tout contre son corps qui s'embrasa dans un élan de désir qu'elle ne contrôlait plus.

Peu lui importait qu'il la voie dans cet état. Ses mains se posèrent sur celles de Nairo qui descendaient la fermeture de son pantalon et elle l'aida à le faire glisser sur ses chevilles avant de s'en débarrasser d'un mouvement impatient. Elle voulait être nue sous ses caresses, qu'il la touche — oh, oui, qu'il la possède, enfin !

Maintenant, elle comprenait enfin pourquoi elle avait

rompu ses fiançailles avec Andrew, pourquoi elle avait su dès le départ que leur mariage serait la pire erreur qu'elle puisse commettre. Jamais, avec lui, elle n'avait éprouvé de telles sensations, jamais avec personne d'autre que Nairo un désir si ardent ne l'avait embrasée. Et l'affection qu'elle avait ressentie pour Andrew était si tiède qu'il n'y avait rien d'étonnant à ce qu'elle ne se soit pas sentie capable d'aller plus loin dans leur relation.

— Red… Rose… *momento*, chuchota Nairo d'une voix rauque qui trahissait sa difficulté à garder le contrôle.

Un contrôle que Rose aurait bien aimé le sentir perdre. Définitivement. En dépit de ses protestations, ses mains trouvèrent la boucle de sa ceinture qu'elles défirent, et elle sentit enfin sous ses doigts la chair brûlante de son érection. En l'entendant pousser un soupir de reddition, elle sourit, mais quand elle commença à caresser son sexe qui se gonflait davantage encore à ce contact, Nairo referma la main sur son poignet et l'immobilisa.

— Rose…

Un cri de reproche suivi d'un grincement de dents qui trahissait le combat qu'il se livrait contre lui-même.

— Il faut… une protection…

Évidemment. S'il y avait quelque chose que Nairo n'avait jamais oublié quand ils faisaient l'amour dans le squat, c'était bien cette protection. Malgré le peu d'argent dont il disposait, il avait toujours acheté les préservatifs dont ils avaient besoin et n'avait jamais couché avec elle sans en utiliser. Sauf une fois…

Mais elle avait encore autre chose à lui dire.

— Je veux que tu saches qu'Andrew et moi n'avons jamais…

Elle ne put terminer sa phrase. Même si le mouvement qu'il avait fait en direction du tiroir avait calmé un instant la faim insensée qui habitait Rose, dès qu'elle le sentit de nouveau contre elle, son désir revint, plus vif encore. Il se mit à lui couvrir le visage de baisers si ardents qu'en un instant elle oublia ce moment d'incertitude. D'un geste mal assuré, il ouvrit le petit sachet avant de s'écarter d'elle…

— *Socorro.* J'ai besoin d'aide, murmura-t-il en lui prenant les mains pour les guider vers son sexe durci dont elle sentit la chaleur sous ses doigts tremblants.

— Maintenant…

D'un geste impatient, il la fit rouler sur le lit et son corps puissant s'allongea sur le sien. Entre ses jambes, elle sentait son sexe dressé. Elle ferma les yeux, renversée sur l'oreiller, mais un soupir impatient lui fit relever la tête.

— Non, *querida*, ouvre les yeux et regarde-moi, souffla-t-il, le visage tout près du sien. Je veux que tu te rappelles ce moment, que tu saches qui je suis.

— Mais je le sais. Et je me souviens…

Ses mots moururent sur ses lèvres, tandis qu'il se glissait dans le cœur humide et palpitant de sa féminité. Elle le prit par les épaules et enfonça les ongles dans les muscles puissants de son dos.

Quand il se mit à bouger en elle, elle ne put s'empêcher de le suivre en rythme, soulevant les hanches, s'ouvrant de plus en plus largement à lui, donnant et prenant tout ce qu'elle pouvait. Comme si toutes les années passées sans lui se fondaient dans ce désir sauvage et irrésistible qui les dévorait. La violence de sa passion la comblait et elle y répondait tandis qu'il l'emmenait toujours plus loin, avec tant d'intensité qu'il ne leur fut bientôt plus possible de résister et qu'ils s'abandonnèrent enfin à l'orgasme qu'ils atteignirent au même instant.

Le lendemain matin, Nairo s'éveilla de bonne heure. L'aube qui rosissait l'horizon commençait à peine à éclairer la pièce et la silhouette de la femme endormie à côté de lui, la joue posée sur la main et sa chevelure auburn répandue sur l'oreiller. Rien qu'à la voir, à contempler ses seins qui pointaient sous le drap, le galbe de ses jambes, il sentit aussitôt son pouls s'accélérer. Un désir vieux de dix années se réveillait en lui que rien ne pourrait apaiser, pas même le profond sommeil qui l'avait englouti. Après si longtemps, il n'arrivait pas à croire que Red était de nouveau dans son lit.

Jamais de sa vie il n'avait connu meilleure étreinte depuis que Red avait quitté le squat. En raison de son inexpérience, elle n'était alors qu'une promesse, il le comprenait aujourd'hui. Mais maintenant qu'il l'avait retrouvée, il lui fallait la garder, pour se ménager de pareils moments : se réveiller, la voir allongée à côté de lui et se rappeler qu'ils avaient fait l'amour encore et encore, jusqu'à sombrer ensemble dans un sommeil comblé et réparateur.

Durant la nuit, il était allé dans la cuisine chercher des fruits et du vin, pour remplacer l'omelette qu'il n'avait jamais préparée. Après l'avoir nourrie de raisin et de pêches, il en avait léché le jus sur ses lèvres gonflées par les baisers. Puis, la sentant frémir de tout son corps, il avait versé du vin sur ses seins nus et l'avait léché aussi, ravi de sentir sa peau frémir sous sa langue et de l'entendre gémir doucement.

— Que t'est-il arrivé après ton départ du squat ? lui avait-il demandé à un moment où l'obscurité dissimulait leurs visages. Où es-tu allée ? Tu n'es sûrement pas retournée chez ton horrible beau-père ?

Il savait qu'elle s'était réconciliée avec sa mère, mais il était certain qu'elle n'était pas retournée là-bas. Elle avait frissonné de nouveau, cette fois, non pas de plaisir mais de détresse.

— Jamais je n'y serais retournée, même pas pour me sauver la vie. Mais j'étais restée en contact avec ma mère et je l'appelais quand je savais qu'il n'était pas là, avait-elle répondu d'une voix brisée. Elle était si malheureuse ! Elle venait juste de comprendre quel monstre elle avait épousé, et elle aurait voulu lui échapper, comme moi. Nous étions convenues de nous voir, mais avant, elle s'est retrouvée à l'hôpital.

Elle s'arrêta et avala une gorgée de vin, comme pour y trouver la force de continuer.

— Elle était couverte de bleus et d'écorchures. Des côtes cassées. On a projeté de partir toutes les deux, de le laisser et de commencer une nouvelle vie, là où on pourrait. Mais on n'avait pas d'argent. Maman ne voulait rien de lui et il s'était arrangé pour contrôler leurs finances. Nous avons contacté les services sociaux qui nous ont trouvé un appartement dans une autre ville et nous avons pris le premier emploi qui s'est présenté.

Nairo se souleva sur le coude pour fixer le visage de Rose dans l'ombre. Il devait reconnaître qu'elle avait eu beaucoup de courage.

— Et comment as-tu fait pour devenir styliste ?

— J'ai d'abord travaillé comme manutentionnaire dans un supermarché — maman et moi, on travaillait au même endroit. Dès que j'ai pu, j'ai commencé à suivre des cours du soir et j'ai découvert que j'étais douée pour le stylisme. Quand maman a retrouvé un meilleur emploi, je suis allée à la fac grâce à une bourse. Le soir, au début, je travaillais à faire des retouches, et puis j'ai commencé à créer des robes pour la clientèle locale et j'ai eu de la chance : les gens aimaient ce que je faisais. J'ai alors trouvé du travail dans une boutique de mode. J'ai commencé au plus bas niveau, mais en travaillant dur…

Elle lui sourit dans l'obscurité. Un sourire un peu forcé.

— J'ai eu la chance de trouver un local à louer bon marché, et grâce au bouche-à-oreille je me suis fait une réputation. Puis nous avons appris que maman avait un cancer — et j'ai rencontré Andrew… À partir de là, tout s'est gâté.

— Tu n'as jamais couché avec lui ?

Visiblement, il n'arrivait pas à le croire.

— Jamais, dit-elle en levant les yeux vers lui dans l'ombre. Je n'ai jamais voulu.

Il la regarda avec incrédulité.

— Mais… Tu voulais l'épouser ?

— J'ai accepté sa demande — ce qui était très différent. Je pensais qu'avec lui je serais en sécurité. Mais en réalité, je ne cherchais pas la sécurité.

C'était censé le rassurer, mais bizarrement cela parut produire l'effet contraire.

— La sécurité, répéta Nairo. Tout ce que le mauvais garçon avec qui tu vivais ne pouvait pas t'offrir…

Il reposa son verre sur l'étagère à côté de son lit. Pensait-elle encore qu'il était un dangereux criminel ?

— Non, Nairo ! Je me suis trompée. Jamais je n'aurais dû…

— Bien sûr que si. Du moment que tu croyais que j'étais mêlé à ce trafic, évidemment, il fallait faire quelque chose.

Elle se redressa et lui prit la main en se penchant vers lui.

— Oui, je le croyais, mais je me trompais. À ton sujet. Et si tu veux savoir, je me suis trompée également au sujet d'Andrew.

Cette nouvelle allusion à l'homme dont elle avait accepté la bague était de trop. Cette nuit, il ne voulait pas penser à son ancien fiancé.

— Oublie cet homme. Tout ce qui compte, c'est toi et moi.

Il lui reprit le verre et le posa sur la table de nuit à côté du sien. Puis il se pencha pour l'embrasser et dissiper tous les regrets. Comme il s'y attendait, Rose lui rendit ses baisers, tendrement d'abord, puis avec plus de fougue. Sa bouche s'ouvrit sous la sienne, elle noua les bras autour de son cou et s'allongea sur le lit en l'attirant à elle. Ses caresses se firent plus précises, plus insistantes.

L'instant d'après, il n'était plus question de bavarder, ni même de penser et, de nouveau, la passion les submergea.

Et maintenant, elle était là, à côté de lui, nue et tiède. Il n'avait qu'à l'éveiller et…

Il tendit la main et la plaça au-dessus de ses seins, si près que quand elle inspirait, ils effleuraient presque sa paume. Si cela se produisait, il risquait de ne plus pouvoir se contrôler. Déjà il sentait son sexe durcir, anticipant le plaisir qu'il avait déjà connu cette nuit et auquel il aspirait de nouveau.

Mais qui était cette Rose dont le corps ravissant était allongé près du sien, telle une vivante invitation à l'oubli ?

Était-ce la femme qui l'avait jadis quitté sans jeter un regard en arrière et laissé face à la police ? Évidemment il n'avait rien à se reprocher, mais le scandale de cette rafle dans le squat et les arrestations qui avaient suivi lui avaient pratiquement ôté tout espoir de se réconcilier avec son père.

Rose poussa un soupir et Nairo éloigna la main, pour échapper à la tentation.

Ignorait-elle tout de la récompense offerte pour information concernant les drogues qu'avait consommées Toby ? Il avait toujours cru que c'était pour cette raison qu'elle l'avait dénoncé à la police, et Jason, éructant de rage d'avoir été démasqué, avait juré de se venger.

Nairo s'arracha au lit d'un mouvement violent, sous l'effet de ces souvenirs importuns.

Et si Rose ignorait vraiment tout de cette récompense ? Elle avait juré qu'elle l'aimait, mais il n'y avait pas cru. Pas plus que son propre père, elle ne croyait assez en lui pour lui demander tout simplement la vérité, et elle s'était laissé guider par ce qu'elle avait cru voir, pas par ce qu'elle aurait dû savoir de lui. Puis elle l'avait amené à rester dans le squat précisément la nuit où il projetait de le quitter pour aller trouver son père, faire la paix avec lui et rentrer à la maison.

Mais Rose l'avait supplié : « N'y va pas… ,» en lui caressant le visage et les cheveux et en pressant contre le sien son corps superbe. Il avait été incapable de lui résister.

— Nairo…

Un instant, il se demanda si cette voix surgissait du passé ou si elle était bien là, dans ce lit, les yeux encore à demi-clos.

— Où vas-tu ?

Elle se souleva sur les oreillers, sa peau encore toute rose de la chaleur du lit, ses cheveux emmêlés tombant sur son visage. Sa bouche était gonflée des baisers passionnés qu'ils avaient échangés durant la nuit.

— Non ! Reviens !

Elle tendit la main vers lui et le fixa de ses yeux entrouverts.

— S'il te plaît.

C'en était trop. Avec un gémissement, il laissa tomber le T-shirt qu'il était sur le point d'enfiler et se jeta sur le lit à côté d'elle. Elle blottit son corps nu contre le sien, et il l'embrassa, submergé par le désir qui l'entraînait très loin, là où rien ne pouvait l'atteindre.

8.

Cela se produisit au moment où elle quittait l'appartement de Nairo.

Cette dernière fois, ils avaient fait l'amour avec passion, et goûté un plaisir comme elle n'en avait jamais connu. Les baisers de Nairo semblaient lui arracher l'âme, et ses doigts laissaient sur sa peau des traînées de feu. Une fois de plus, ils étaient allés au bord de l'épuisement et Rose avait eu le plus grand mal à se réveiller. Après avoir enfilé ses vêtements à la hâte, elle s'était dirigée à pas de loup vers la porte.

Elle croyait n'avoir fait aucun bruit, les pieds nus sur le sol couvert de tapis, mais au moment où elle allait sortir, elle entendit Nairo remuer dans le lit derrière elle.

— Qu'est-ce que tu fais ?

— Il faut que j'y aille, tu le sais bien. Si je restais, quelqu'un pourrait me voir, Esmeralda par exemple. Ou pire, un membre de la famille d'Oskar, en particulier la duchesse Marguerite. Elle se réveille toujours tôt. Tu veux que les gens sachent ce qui se passe entre nous ?

Mais ce « nous », existait-il vraiment ? Ne s'agissait-il pas plutôt d'une aventure d'une nuit qui ne se renouvellerait pas et resterait cachée comme un honteux petit secret ?

Si elle était restée blottie contre lui, dix ans plus tôt, dans le squat, et si elle lui avait tout simplement demandé ce qui se passait, peut-être aurait-elle découvert que la situation n'était pas celle qu'elle s'imaginait. Si elle lui avait posé la question, lui aurait-il dit… ?

— Jett…

Son ancien prénom avait franchi ses lèvres dans un murmure, et elle crut qu'il ne l'avait pas entendue. Il tourna la tête.

— Tu as raison. Ce serait une grosse erreur, dit-il d'une voix tranchante. Il vaut mieux que tu partes. Et n'oublie pas que je m'appelle Nairo. Jett n'a jamais existé, pas plus que Red. Seulement dans notre imagination.

— Bien sûr…

Maintenant, il fallait qu'elle parte, et pas seulement de peur de voir surgir un habitant du *castillo*. Elle n'arrivait plus à contrôler son émotion et elle tenait à tout prix à lui cacher le désespoir qui l'anéantissait.

Elle croyait avoir appris du passé. Appris qu'il ne fallait pas interroger Nairo. Et pourtant, elle l'avait fait, et sa réponse lui prouvait qu'entre eux il n'y avait rien de particulier. Si ce n'est ce désir qui les avait dévastés la nuit précédente, leur ôtant toute raison. Un désir irrésistible qui ne supposait ni explication, ni sentiment, ni affection.

Nairo n'avait rien d'autre à lui donner et si elle se croyait assez forte pour prendre ce qu'il lui offrait, le temps que ça durerait, sans en demander davantage, alors il lui faudrait bien se contrôler pour ne jamais lui laisser voir ce qu'elle ressentait en réalité. S'il avait désiré davantage que ce qu'ils partageaient déjà, il le lui aurait clairement signifié.

Mieux valait ne pas lui en demander plus, sinon, elle risquait de détruire leur « relation ».

— Je te reverrai dans la maison…

Alors, elle réussirait à lui montrer un visage d'un calme parfait, sans la moindre émotion, comme il le désirait. S'il n'avait rien d'autre à lui offrir, elle le prendrait, sans en demander davantage.

Les doigts crispés sur la rampe, elle réussit à descendre

l'escalier, ravalant les larmes qui l'aveuglaient au point qu'elle pouvait à peine deviner, dans la lumière grise de l'aube, le sentier qui menait à la porte principale du *castillo*.

En percevant un éclair lumineux, sorti de nulle part, elle crut qu'il était provoqué par l'humidité qui brouillait son regard. Jusqu'à ce qu'elle en distingue un autre, puis un autre encore, suivi par une pluie d'éclairs éblouissants qui crépitaient dans le silence du matin.

Dix ans plus tôt, Red l'avait quitté, de la même façon, songea Nairo en regardant la porte se refermer derrière elle. Elle s'était glissée hors de leur lit et elle était partie, sans un mot. Sauf que lui, il avait à peine bougé, parce que jamais il n'aurait pensé qu'elle le quittait pour de bon.

Cette fois-ci, reviendrait-elle ? En avait-il lui-même envie ? Ce qui était certain, c'est qu'il n'en avait pas encore terminé avec elle. Le côté du lit où elle était couchée refroidissait rapidement, mais il aurait voulu qu'elle reste et que cette nuit ne se termine jamais. Et pas seulement parce qu'il craignait que les Schlieburg la voient — c'est pourtant ce qui avait l'air de l'effrayer, elle, et elle pensait qu'il le redoutait lui aussi.

Évidemment, Marguerite n'aurait pas été ravie de constater qu'il couchait avec une employée, mais elle s'en accommoderait. À moins que cela ne s'ébruite et ne trouble les préparatifs du mariage, ce qui risquait fort d'arriver compte tenu du passé de Rose.

Il était clair que Rose préférait le cacher et, pour sa part, il n'était pas prêt à partager avec le monde entier ce changement dans leur relation. Elle, elle s'imaginait que c'était à cause de la future belle-famille d'Esmeralda mais, en réalité, c'est pour sa propre sœur qu'il s'inquiétait. Si on découvrait que Rose était sa maîtresse, Esmeralda en apprendrait forcément davantage sur elle, mais aussi sur lui. Des vérités qu'il voulait garder secrètes.

Mais peut-être y avait-il encore autre chose. Il s'assit et regarda dans le miroir sur le mur d'en face, cherchant à voir quel visage il offrait désormais au monde. Dix ans plus tôt, ses traits reflétaient la colère, la trahison, la perte.

« Ne tarde pas », lui avait-il dit, et elle le lui avait promis. Mais ensuite, elle était partie et c'était la dernière fois qu'il l'avait vue avant de la retrouver, dix longues années plus tard, songea-t-il, de nouveau en proie au vide qu'il avait ressenti depuis qu'elle l'avait quitté. Il était si certain que tout allait s'arranger, qu'elle l'aimait, parce qu'elle s'était donnée à lui avec tant de générosité, de chaleur, de confiance…

En réalité, elle l'avait manipulé pour qu'il reste dans le squat, alors qu'elle savait que la police allait débarquer. Et après lui avoir dit « J'en ai pour une minute », elle était sortie de sa vie. Mais en était-elle vraiment sortie ? Se passant la main dans les cheveux, il se força à regarder en face cette nouvelle vérité qui lui était apparue au réveil. Cette nuit-là, il avait perçu dans la voix de Rose un accent désespéré, exactement comme la veille, quand elle l'avait appelé Jett, ce qui l'avait exaspéré, parce qu'il avait horreur de se souvenir de l'homme qu'il avait été.

Un homme qui souffrait de la façon dont son père l'avait rejeté et chassé de la maison familiale sur un mensonge de sa belle-mère. Son jugement sur Rose en avait été faussé, et il avait redouté qu'elle ne soit, elle aussi, une femme perfide et ne cherche qu'à l'éloigner de sa famille et à ruiner sa réputation aux yeux de ses parents. Et il ne lui avait jamais fait part de ses projets.

S'il lui avait demandé de rester avec lui, en ce jour de Noël, et expliqué qu'il cherchait à se réconcilier avec son père, comment se serait-elle comportée ?

Rejetant les draps, il se leva pour enfiler son jean et

un T-shirt noir. Cette fois, il avait perçu autre chose dans sa voix, une sorte de colère qu'elle cherchait à étouffer.

Était-il possible qu'elle soit moins indifférente qu'elle ne voulait le montrer ? se demanda-t-il en descendant l'escalier et en se précipitant vers la porte. S'il arrivait à la rattraper à temps, peut-être réussirait-il à la faire parler… Peut-être y avait-il encore quelque chose à sauver.

Il s'arrêta net en découvrant Rose debout au milieu de la pelouse, environnée de flashs qui crépitaient dans le silence du matin.

— *Señorita* Cavalliero…

— Mademoiselle Cavalliero… Rose…

Comme dans un brouillard, Rose perçut le chœur des voix qui l'interpellaient en espagnol et en anglais. Éblouie, elle se couvrit le visage de ses mains.

— Allez, Rose, un petit sourire. Soyez gentille. Dites-nous quelque chose !

— Que me voulez-vous ?

Un épisode du même genre s'était déjà produit au moment de la rupture de ses fiançailles avec Andrew. Quand les paparazzis avaient surgi dans sa boutique et braqué leurs appareils sur elle en hurlant des questions auxquelles elle ne pouvait répondre, elle s'était dit qu'elle l'avait bien mérité.

Mais aujourd'hui…

— Depuis combien de temps cela dure-t-il, Rose ? Longtemps ?

— Quel effet ça vous fait d'être un nouveau nom sur la liste des conquêtes de Nairo ? À moins que ce ne soit lui qui figure désormais sur la vôtre ? C'est pour lui que vous avez quitté Andrew ?

— Allez-vous pousser Mlle Moreno à annuler son mariage à la dernière minute, comme vous l'avez fait vous-même ?

— Non ! Absolument pas !

Sans ôter les mains de son visage, Rose tenta d'avancer sur le sentier inégal, mais les journalistes et les photographes lui barraient la route et la bousculaient au point qu'elle faillit perdre l'équilibre. Sans doute serait-elle tombée si des bras puissants n'avaient pas surgi pour la rattraper et la stabiliser.

Nairo… Ses bras se refermèrent sur elle, lui offrant le support de sa puissante poitrine. Dans la chaleur et l'odeur de sa peau, elle se sentit soudain en sécurité, comme dans un cocon protecteur. Elle percevait encore le vacarme des journalistes qui la harcelaient, mais elle n'avait plus à leur répondre. Nairo prit une profonde inspiration avant de s'adresser à eux d'une voix forte et calme.

— Messieurs…

Il y avait de l'ironie dans sa voix, et elle devina qu'il luttait pour se maîtriser.

— Arrêtez de harceler ma fiancée.

Elle avait dû mal entendre, il ne pouvait pas avoir dit ça… Encore sous le choc, elle s'aperçut que les reporters, aussi stupéfaits qu'elle, s'étaient tus et calmés et qu'ils la dévoraient du regard.

— Je… commença-t-elle, mais Nairo la serra contre lui au point qu'elle dut se taire, le souffle coupé.

Puis il se pencha sur elle et lui effleura le visage de ses lèvres.

— Laisse-moi me débarrasser d'eux, lui chuchota-t-il à l'oreille au moment où les flashs recommencèrent à se déchaîner dans un tonnerre de crépitements.

— Nairo…

Elle tenta de protester, mais il la fit taire d'un baiser plus long et plus appuyé, provoquant une nouvelle rafale d'éclairs qui la déstabilisa davantage encore. Puis, par-dessus sa tête, il s'adressa aux paparazzis. Oui, leurs fiançailles étaient récentes, mais pas inattendues. Il avait craqué pour elle dès leur première rencontre, mais il avait préféré attendre en raison du mariage de sa sœur. Non, il n'avait pas encore choisi de bague, car dans sa famille, c'est la tradition qui en décidait ainsi.

Ses réponses parvenaient à Rose à travers un brouhaha, comme si mille abeilles bourdonnaient dans sa tête. Le choc causé par l'irruption des reporters, l'arrivée inattendue de Nairo, la solution qu'il avait trouvée pour justifier la situation, ce baiser, tout se combinait pour brouiller ses pensées et elle n'était même pas certaine d'avoir bien entendu. Une seule certitude : les journalistes semblaient ravis. Si elle s'en mêlait ou protestait, cela ne ferait qu'aggraver la situation.

Elle préféra donc se taire et rester à côté de Nairo, qui l'avait prise par la taille pour l'attirer contre lui. Visiblement, il avait apaisé ces chasseurs de scandale en leur offrant une histoire qui ferait désormais la une de tous les journaux people.

L'EX-FIANCÉE DU LORD ANGLAIS
ÉPOUSERA-T-ELLE LE BEL ARISTOCRATE ESPAGNOL ?

Elle dut faire un immense effort pour obéir à Nairo qui lui chuchotait « souris » au creux de l'oreille tout en accentuant la pression de son bras sur sa taille.

Elle comprenait ce qu'il faisait et pourquoi il le faisait, même si les journalistes semblaient croire à cette mascarade. Elle reconnaissait le mode défensif qu'il avait adopté dès qu'il les avait aperçus et l'avait trouvée aux prises avec cette bande de vautours. Il tentait de tirer parti au mieux de la situation et de justifier le fait qu'on l'ait vue s'éclipser de son appartement au petit matin… La pire erreur à commettre juste avant qu'Esmeralda n'épouse son duc. Ne lui avait-il pas déclaré lui-même que c'était ce qu'il redoutait le plus ? Quand la future belle-famille de sa sœur apprendrait cet incident — ce qui ne manquerait pas de se produire — de cette façon, ils ne seraient pas choqués par l'existence d'une liaison scandaleuse. Il espérait qu'ils se montreraient plus tolérants à l'égard d'un couple secrètement fiancé mais qui avait préféré retarder l'annonce de l'événement de peur de nuire au mariage qui se préparait.

— *Gracias, señores…*

Il était clair que, pour l'instant, Nairo avait résolu le problème, car déjà les paparazzis remballaient leur matériel et se retiraient avec leur une du lendemain.

Rose sentit qu'il l'attirait en direction de la haute porte principale en bois sculpté du *castillo*. Il l'ouvrit et entra dans le hall avant de s'adosser au mur avec un long soupir de soulagement.

— Heureusement, ils n'ont pas cherché plus loin, murmura-t-il en lâchant enfin la main Rose.

— C'est ce que tu crois ! lança-t-elle, incapable de maîtriser les émotions qui l'assaillaient. Cette histoire fera son chemin et ils vont essayer d'en apprendre toujours davantage…

— Quand je pense qu'ils nous croient réellement fiancés ! ironisa-t-il, comme s'il leur avait joué un bon tour.

En l'entendant, elle fut submergée par une vague de tristesse si accablante qu'elle eut du mal à ne pas éclater en sanglots. L'évidence avec laquelle il écartait tout engagement entre eux faisait douloureusement percevoir à Rose le gouffre qui les séparait.

Pour lui, ce n'était qu'une blague, une solution temporaire à un problème inattendu, et peu lui importait qu'elle soit d'accord ou non avec ce procédé. Si Nairo avait décidé de révéler leur liaison, c'était parce qu'il y avait été contraint et uniquement pour éviter l'impact que cet incident aurait pu avoir sur le mariage de sa petite sœur adorée. Rose aurait beau se retrouver en première page des magazines à scandale et lui, être contraint de révéler leur relation à sa famille, elle n'en demeurait pas moins son vilain petit secret qu'il aurait de loin préféré continuer à dissimuler aux yeux du monde.

— « Fiancés » ! reprit-elle en écho. Pourquoi t'es-tu senti obligé d'aller jusque-là ?

— C'est le seul mot que comprenne la famille Schlieburg, répliqua-t-il en la regardant comme s'il était étonné qu'elle ne l'ait pas compris d'elle-même. Si nous projetons de nous marier, ils l'accepteront. Mais une liaison passagère…

Sa bouche se crispa et il hocha négativement la tête.

— Ils n'admettraient jamais…

— Et quand tout sera fini et que nous reprendrons notre route, chacun de son côté ? dit-elle avec dans la voix une imperceptible fêlure.

Il haussa les épaules.

— Rupture de fiançailles.

— Pour moi, ça risque d'être très… compliqué.

C'était le seul mot qui lui était venu à l'esprit, même s'il était loin d'exprimer ce qu'elle ressentait. Elle avait déjà rompu avec cet homme, des années plus tôt, et vécu l'enfer avec ses souvenirs. Des souvenirs qui l'avaient poussée à s'engager avec Andrew et lui avaient valu une réputation de briseuse de cœurs. Alors que c'était son cœur à elle qui s'était brisé, à la pensée que jamais il ne lui serait possible d'aimer un autre homme que Jett.

Quand elle l'avait pris pour un dealer et s'était crue obligée de le livrer à la police, elle avait été malade de le perdre. Maintenant qu'elle avait compris sa tragique erreur, quels étaient ses sentiments ? Elle le désirait follement, elle en était consciente, mais cela allait-il plus loin ?

Quel était l'intérêt de se poser cette question ? Pour lui, elle était une simple aventure. Leur relation n'était que la réminiscence de la passion brûlante qui les avait jadis dévorés, des années plus tôt. Les liens qui les unissaient s'étaient détendus sans se briser pour autant et ils en demeureraient prisonniers tant qu'ils n'auraient pas trouvé le moyen de mettre fin au désir qui les dévorait. Mais l'amour fou d'adolescente qu'elle avait jadis éprouvé pour

Jett n'avait pas faibli, il s'était transformé en une passion d'adulte, l'amour simple d'une femme pour un homme.

Mais Nairo, lui, ne cherchait sans doute qu'à assouvir son désir physique. Un jour, tôt ou tard, il serait las et pourrait enfin la quitter.

À la douleur cruelle qu'elle ressentait au creux de la poitrine, Rose comprit que cela risquait d'être plus tôt qu'elle ne l'aurait souhaité. Ce matin, les paparazzis lui avaient forcé la main mais, s'il n'avait tenu qu'à lui, il aurait de loin préféré garder son secret.

— *Compliqué* n'est sans doute pas le mot que tu cherchais, répondit-il.

— Mais si !

En secouant la tête, il riva ses yeux dorés aux siens.

— Même pour sauver ta vie, tu n'es pas capable de mentir…

De quel mensonge parlait-il ? Les nerfs à vif, elle se dit qu'il avait peut-être deviné quelque chose de ses sentiments, qu'il avait lu sur son visage.

— Tu as peur que, quand nous nous séparerons, on raconte qu'une fois de plus tu as rompu avec ton futur mari à quelques jours du mariage ?

Rose, qui retenait son souffle depuis un moment sans même en avoir conscience, sentit soudain l'air affluer dans ses poumons avec une telle violence que tout son corps en frémit.

— Exactement, répondit-elle, saisissant cette chance de lui dissimuler la vérité.

Avec une douceur qui la surprit, Nairo tendit la main et effleura la ligne de sa mâchoire avec un étrange sourire.

— Ne te fais pas de souci, *querida*. C'est moi qui en assumerai la responsabilité. Quand le moment sera venu, je te fournirai une foule de bonnes raisons de rompre. Tout le monde sait que je ne suis pas du bois dont on fait les maris et ce n'est pas toi qui vas me changer. Tout ce que tu auras à faire, c'est de brandir ton cœur brisé et, cette fois, tout le monde sera de ton côté.

Même toi, songea Rose en baissant les yeux de peur qu'il n'y devine ce qu'elle tenait tant à lui cacher. Maintenant qu'il était question de rupture, il devenait tout miel et tout sucre. Pourquoi fallait-il donc qu'il lui montre la hâte qu'il avait d'en finir ?

Mais elle aurait bien dû s'y attendre. N'était-ce pas le même homme que celui qui lui avait déclaré bien des années plus tôt : « Je ne tombe pas amoureux. Je ne m'engage pas et je ne me marierai jamais » ? Il venait simplement à l'instant de renouveler cette profession de foi, peut-être de façon plus claire encore, même si c'était en termes plus choisis.

Nairo Moreno ou Jett, peu importe, le mot *engagement* ne faisait pas partie de son vocabulaire.

— Parfait, articula-t-elle.

Nairo comprit qu'elle tentait de mettre le plus de conviction possible dans sa voix, mais il ne fut pas dupe. Il lui avait proposé une solution pour échapper au gâchis dans lequel ils se trouvaient, mais elle n'avait pas l'air d'apprécier.

Ce matin, s'il s'était lancé à sa poursuite, c'était pour lui parler. Pour reconnaître que par le passé il avait commis bien des erreurs mais que, peut-être, l'avenir pouvait être différent. Tout cela avait été balayé au moment où il l'avait aperçue, en proie à cette horde de journalistes. Cessant de réfléchir, il n'avait plus pensé qu'à la sauver.

— Eh bien au moins, nous n'aurons pas besoin de divorcer, dit Rose d'un ton léger. Cela ne plairait vraiment pas à la future belle-famille.

Cette réponse désinvolte lui fit crisper si fort les mâchoires qu'il en eut mal.

— Cela ne risque pas de se produire !

Il devait s'en tenir là. Comme un imbécile, dix ans plus tôt, il avait décidé de raconter à son père que sa vie avait changé, grâce à une femme. Il avait voulu montrer à Raoul qu'il était capable de se fixer, de retrouver sa place au sein de la famille, et il avait cru que Rose l'accompagnerait. Mais il était allé trop vite et s'était monté la tête. La réalité l'avait vite rattrapé et il avait appris à ses dépens à se méfier des faux espoirs.

Cette fois-ci, ce serait différent.

— Notre relation ne peut que mal se terminer. Une fois déjà, nous l'avons constaté, affirma-t-il.

Elle ouvrit tout grand ses immenses yeux verts comme dix ans plus tôt, lorsqu'il lui avait annoncé qu'il espérait avoir bientôt suffisamment d'argent pour les sortir du squat, tous les deux. À l'époque, il avait cru qu'elle était horrifiée à la pensée qu'ils puissent avoir un avenir ensemble. De même en cet instant, il était clair que tout ce qui l'intéressait, c'était une brève aventure. La petite Red avait grandi et elle n'avait pas peur de dire ce qu'elle pensait.

— Tu ne trouves pas que tu exagères dans ta façon de veiller sur Esmeralda ? D'où vient cette obsession ?

De nouveau, il se sentit submergé par des souvenirs qu'il cherchait à tout prix à oublier.

— Je ne vois rien d'obsessionnel dans mon désir de vouloir le bonheur de ma sœur. Venant d'un frère, c'est un sentiment très normal.

— Son bonheur, peut-être, mais on dirait que tu es prêt à faire n'importe quoi pour elle.

Même à inventer de fausses fiançailles pour satisfaire ses futurs beaux-parents…

Un éclair passa dans le regard d'ambre de Nairo.

— Lorsque j'ai quitté la maison, elle était encore toute petite — et elle aurait eu besoin de moi. Quand mon père a fini par m'autoriser à revenir, je me suis juré de ne plus jamais l'abandonner.

— Comment, l'abandonner ?

Elle avait remarqué la façon dont il rcgardait Esmeralda

— et surtout dont Esmeralda le regardait. Elle avait toute confiance en lui et Rose avait envié la relation étroite qui unissait le frère et la sœur.

— Que s'est-il réellement passé ? insista-t-elle.

Mais elle allait trop loin. La mâchoire de Nairo se crispa et ses traits se figèrent. La confiance, voilà le point névralgique. La confiance qu'elle-même avait trahie. Mieux valait éviter ce sujet, songea-t-elle, tenaillée par la mauvaise conscience.

— Que veux-tu dire par « Mon père m'a autorisé à revenir » ? Moi, il fallait absolument que j'échappe à mon beau-père et je ne pouvais pas prendre le risque de rentrer chez moi, mais toi, tu ne risquais rien. C'est toi qui avais choisi de partir. Alors qu'est-ce qui t'empêchait de rentrer chez toi ?

Pas de réponse. Soudain, elle eut envie de le provoquer, pour lui arracher la vérité.

— Ici, tu avais une maison confortable, une affaire florissante, une famille qui t'attendait.

— Qui m'attendait ! s'exclama-t-il sur le ton le plus cynique. Tu veux rire !

— Pourquoi ?

— Parce que…

— Parce que quoi ? insista Rose en le voyant s'arrêter et détourner la tête en direction du jardin où les rayons du soleil perçaient enfin les brumes de l'aurore. Que s'est-il passé, Nairo ? Dis-le-moi.

9.

— Il n'y a rien à dire.

Lorsqu'il se retourna vers elle, son visage était pâle et tendu.

— Cela n'a plus d'importance. Maintenant, c'est derrière moi, lança-t-il d'une voix dure. Du passé.

S'il espérait qu'elle le croie, il aurait fallu se montrer plus convaincant.

— Peut-être, mais il est clair que, pour toi, c'est loin d'être terminé. Rien qu'à voir l'état dans lequel ça te met…

D'un doigt léger, elle effleura ses joues et sa mâchoire. Elle aurait aimé les détendre, peut-être d'un baiser, mais elle n'osa pas. Son instinct lui disait que, si elle posait les lèvres sur les siennes, elle risquait de mettre le feu aux poudres. Et même si l'idée de s'abandonner à la passion qui la dévorait ne lui déplaisait pas, jamais elle ne retrouverait meilleure occasion d'aller au fond des choses.

— Dis-moi…

— Je te l'ai dit. Je suis rentré.

— Allons ! Tu m'as dit ce que tu as envie que je sache.

Elle avançait sur un terrain dangereux, le même que lors de leur confrontation, la nuit précédente. Elle ne lui avait pas fait confiance. Mais l'homme qu'elle commençait maintenant à connaître, celui qui veillait sur sa sœur et s'était donné tant de mal pour regagner le respect de son père… Celui qui était venu à son secours à l'instant en usant d'un subterfuge qui les piégeait tous deux… Celui qui, en proférant ce mensonge, lui avait déchiré le cœur… Celui à qui elle avait eu la naïveté de dire qu'elle l'aimait alors qu'elle ne le connaissait pas vraiment, qui était-il ?

— Tu m'avais dit que tu avais quitté la maison à la suite d'une dispute avec ton père.

— Il m'a jeté dehors.

Soudain, il leva les mains, comme pour se rendre, et un flot de paroles jaillit de sa bouche.

— Le mariage de mes parents a toujours été un échec. Ma mère avait épousé mon père pour son argent et pensé qu'après lui avoir donné un héritier, elle était quitte. Le contrat ne comportait pas deux enfants, alors, après la naissance d'Esmeralda, elle est partie.

— Tu avais neuf ans, c'est ça ?

Il acquiesça d'un signe de tête. Sa sœur n'était donc qu'un bébé ! Rien d'étonnant à ce qu'il se soit toujours montré si protecteur vis-à-vis d'elle.

— Évidemment, nous avions des nurses, et mon père de nombreuses liaisons, mais aucune de ses compagnes n'est jamais restée longtemps. Une fois qu'elles lui avaient pris tout l'argent qu'elles voulaient, elles s'éclipsaient. Pourtant, il a fini par se remarier. Ma très jeune belle-mère a tenté de me séduire et, une nuit, elle est venue me retrouver. J'avais bu et je n'ai pas compris tout de suite où elle voulait en venir, mais toujours est-il qu'on nous a trouvés dans une situation compromettante — elle avait ôté pas mal de ses vêtements et commençait à s'attaquer aux miens. Elle a soutenu que c'était moi qui l'avais agressée et mon père m'a ordonné de partir… Ensuite il m'a coupé les vivres, m'a menacé de me déshériter et m'a signifié qu'il ne voulait plus me revoir. Il préférait la parole de ma belle-mère à la mienne.

Sous la froideur de ce récit, Rose comprenait enfin pourquoi il avait été si furieux qu'elle ne le croie pas, elle non plus. Lui qui avait déjà été rejeté par son père — et même par ses deux parents — avait dû trouver insupportable qu'elle le trahisse à son tour.

Elle aurait voulu le toucher, pour combler l'immense vide qui les séparait, mais cela lui semblait impossible, même s'ils se trouvaient à quelques centimètres l'un de l'autre.

— Je suis donc parti pour Londres, et j'ai atterri dans ce squat, dit-il en la regardant avec un étrange sourire. Mais ce n'était pas n'importe quoi. En fait, la maison nous appartenait, mais comme mon père dépensait toute sa fortune avec ses femmes, il n'avait plus les moyens de l'entretenir. Pour tout dire, je n'étais pas mécontent d'occuper cette maison de famille. Après tout, *papá* l'avait laissée tomber en ruine. Au début, j'étais heureux de penser que mon père aurait détesté savoir que je squattais là, mais ensuite j'ai veillé sur la maison pour m'assurer que les autres n'allaient pas la détruire complètement.

Il eut un petit rire froid et brutal.

— En voyant l'état des lieux, j'aurais déjà dû comprendre que les choses allaient très mal et que mon père était ruiné — et encore, c'était avant que Carmen ne divorce en emportant la moitié de ce qui restait. Donc, ce Noël-là, j'ai décidé qu'il était temps de renouer avec lui. J'ai repris contact, mais il ne voulait rien savoir et j'ai bien failli échouer.

Il haussa les épaules, comme pour atténuer la noirceur de ce récit, et elle comprit à quel point son propre comportement avait dû être destructeur. Son père avait appris les accusations de trafic de drogue et l'intervention de la police. Il avait également su qu'il y avait eu un mort et il en avait accusé Nairo.

— Je suis désolée, murmura-t-elle. Excuse-moi.

Il la fixa d'un regard sombre, mais étrangement il hocha la tête comme pour refuser ses excuses.

— Comment aurais-tu pu mettre fin autrement à l'affreux trafic auquel Jason était mêlé ? C'est d'ailleurs ce que je m'apprêtais à faire moi-même, dès que je t'aurais sortie de cet endroit maudit. Quand mon père m'a enfin autorisé à rentrer, ma belle-mère l'avait quitté, le laissant seul avec Esmeralda, qui n'avait que neuf ans.

L'amertume lui tordit la bouche et sa voix se brisa.

— La femme qui nous avait mis au monde était partie quand elle n'était encore qu'un bébé. Et maintenant, celle-là ! Mais déjà, mon père se consacrait à une autre femme. Je me suis juré de veiller sur Esmeralda, mais il ne voulait plus de moi chez lui et il m'a forcé à partir travailler dans notre *estancia* d'Argentine pour « regagner ma place dans la famille ».

— Esmeralda m'a dit que tu avais remis sur pied l'*estancia*. En prenant ta revanche, tu as fait tes preuves.

Nairo acquiesça d'un air sombre.

— Qu'est-ce que tu as fait là-bas ?

Pour la première fois, elle vit son visage s'éclairer et il esquissa même un léger sourire.

— J'ai fait de cette propriété une entreprise profitable en la transformant en un lieu de vacances à la mode — équitation et dégustation de vins. J'y ai même créé un centre artistique que fréquentent des peintres de premier ordre. Mon père détestait l'aspect commercial de cette transformation mais l'affaire était devenue rentable, impossible de le nier. Et elle a commencé à dégager des profits.

— Il a donc dû reconnaître que tu avais fait les bons choix et il t'a autorisé à rentrer ?

— Oui, mais là, j'ai à peine reconnu Esmeralda. Comme elle ne pouvait pas contrôler ce qui se passait dans la famille, elle s'était imposé à elle-même un régime draconien.

— Elle était devenue anorexique ?

En y réfléchissant, songea Rose, c'était évident. Même maintenant, Esmeralda était si menue qu'elle donnait l'impression qu'un souffle aurait suffi à la faire plier. À plus forte raison quand Nairo était revenu d'Argentine.

— Elle a bien failli en mourir, reconnut-il d'une voix blanche.

— Je comprends.

Rose ne s'étonnait plus qu'il se soit entièrement consacré au domaine et qu'il tienne tant à la réputation de la famille. Il voulait qu'Esmeralda soit enfin heureuse.

Mais lui aussi avait perdu sa mère et, à neuf ans, il en avait sans doute été plus conscient que sa sœur, encore bébé. Rien d'étonnant à ce qu'il ait réagi avec tant de violence quand elle lui avait raconté son histoire, et à ce qu'il ait déclaré que sa mère aurait dû la protéger et la défendre. Selon lui, cette dernière ne méritait pas le pardon que Rose lui avait accordé trop facilement. Pourtant, pour le bonheur d'Esmeralda, il avait lui aussi fait la paix avec son père et accepté d'être « puni » en Argentine.

Mais ce n'est pas seulement pour sa sœur qu'il l'avait fait. Il avait pensé aussi à elle, Rose, mais la peur l'avait poussée à s'enfuir dans la nuit.

« Une cruelle petite sorcière qui a volé son cœur avant de le trahir affreusement. ».

Les mots d'Esmeralda résonnaient dans sa tête. Et si la sœur de Nairo ne s'était pas trompée ? Si c'était elle, Rose, qui l'avait trahi de cette horrible façon ? Elle qui lui avait brisé le cœur, bien des années auparavant ? En le trahissant, elle avait détruit son affection et, maintenant, tout ce qu'il attendait d'elle était la satisfaction de ce désir physique qui les poussait l'un vers l'autre. Un désir qu'il lui fallait dissimuler au monde par l'annonce de prétendues fiançailles qui le liaient à elle contre son gré.

— Jamais je ne pourrai…

— Il le faudra bien pourtant, lança-t-il d'une voix si tranchante qu'elle sut qu'il avait parfaitement compris ce qu'elle voulait dire.

— Non. Je peux encore annoncer que ces fiançailles ne sont que mensonge. Renoncer…

Au moins, après ça, il serait libre. Mais pourquoi n'avait-il pas l'air soulagé de l'entendre ?

— Cela mettrait fin à notre contrat. Je pourrais encore trouver quelqu'un d'autre pour terminer les robes.

— Il n'en est pas question !

— Je le ferai, ne serait-ce que pour t'empêcher de tout gâcher en racontant aux paparazzis que je leur ai menti. Un pareil scandale suffirait à nourrir ces vautours durant des semaines.

Rose comprit qu'il ne parlait pas à la légère. Il était convaincu de devoir quelque chose à sa sœur, qu'il avait abandonnée au moment où elle avait le plus besoin de lui. Et il était prêt à en payer le prix, quel qu'il soit. Même s'il devait se laisser emprisonner dans une prétendue relation.

— Je ne te laisserai pas lui faire une chose pareille.

Rose ne s'en sentait pas capable non plus. Dès l'instant où elle avait rencontré Esmeralda, elle s'était mise à l'aimer et à vouloir veiller sur elle.

— Très bien.

Plus que deux semaines et ensuite…

— Tu peux être certaine que ton travail sera généreusement rémunéré.

Comme s'il croyait que, pour elle, l'argent passait avant tout. Et c'était elle qui avait cherché à lui faire croire ! Son cœur se serra mais elle préféra passer outre. Il fallait avancer.

— J'accepte, articula-t-elle lentement.

— Pour Esmeralda ?

Bien sûr, dans l'esprit de Nairo, si elle continuait, ce ne pouvait être que pour Esmeralda. Personne d'autre ne comptait.

— Bien sûr. Oscar et elle font un couple adorable et tout comme toi, je tiens à ce que tout se déroule parfaitement.

Tu me crois, n'est-ce pas ? ajouta-t-elle en remarquant que son visage s'était durci.

Il la dévisagea un long moment avant de répondre :

— Oui, je te crois.

C'était la réponse qu'elle attendait, même si elle ne lui apportait aucun réconfort.

— Et toi ?

La question lui avait échappé avant même qu'elle sache qu'elle allait la poser. Lentement, il se retourna pour lui faire face.

— Pardon ?

Trop tard pour revenir en arrière, et elle n'avait aucune envie de reculer, même s'il la regardait en fronçant les sourcils.

— Que veux-tu dire, au juste ?

— Qu'une fois qu'Esmeralda aura épousé l'homme qu'elle aime, tu te diras que tu as fait ton devoir envers elle et aussi envers ton père…

— Tu crois donc que tout le problème est là ?

— J'en suis convaincue. Et j'espère qu'en m'acquittant de la tâche que tu m'as confiée, moi aussi je rachèterai la faute que j'ai commise en te croyant mêlé à un trafic de drogues. J'ai cru que c'était de là que tu pensais tirer l'argent qui, à t'entendre, devait changer nos vies.

— Si tu m'avais fait un tant soit peu confiance, tu m'aurais au moins posé la question.

Il y avait dans sa voix une fêlure qui déchira le cœur de Rose. Pourtant, elle méritait cette accusation qui aurait dû être formulée bien des années plus tôt.

— Tu as raison, je n'avais pas suffisamment confiance en toi pour t'en parler. Je t'aimais, sans aucun doute, mais sans vraiment savoir ce que cela signifiait.

Maintenant, elle le savait, et cela la ravageait d'être incapable de l'avouer. Et cette fois, ce n'était plus une question de confiance, mais la certitude que ce n'était pas ce qu'il attendait d'elle. Pour lui, rien n'existait d'autre que le désir brûlant qui les poussait l'un vers l'autre.

— On ne peut pas vraiment aimer quelqu'un à qui on ne fait pas confiance.

— Nous étions jeunes et stupides. Nous avions besoin de grandir.

Elle acquiesça de la tête, redoutant de prononcer des mots qui envenimeraient la situation.

— L'important, pour nous, c'est le mariage d'Esmeralda, déclara-t-elle. Ensuite, nous romprons nos prétendues fiançailles. Le plus vite possible.

Elle n'entendait pas le retenir prisonnier de cet engagement plus longtemps qu'il ne serait indispensable.

— Tu m'as promis…

— Je t'ai promis que personne ne te tiendra responsable de notre rupture, coupa-t-il d'une voix froide et tranchante. Ne te fais aucun souci, j'honorerai ma promesse.

— Très bien. Ensuite nous repartirons chacun de son côté, sans plus rien nous devoir l'un à l'autre.

Elle lui adressa un sourire qu'elle voulait convaincant mais, dans son for intérieur, elle aurait voulu l'entendre refuser que tout se termine de cette façon. Et s'il lui proposait une liaison, le temps que se consume le désir qui les dévorait, elle accepterait. Elle aurait tout accepté pour avoir l'impression de compter enfin un peu pour lui.

Entre eux, le silence s'éternisait sans qu'il daigne répondre. Les nerfs de Rose étaient à vif quand il finit par acquiescer d'un signe de tête.

— Tu as raison, c'est la meilleure solution.

— Dans ce cas, nos relations resteront exclusivement professionnelles.

Elle se força à sourire alors que tout en elle refusait cet arrangement. Elle lui tendit même la main comme pour sceller ce nouveau pacte, et sa gorge se serra en sentant les doigts de Nairo toucher les siens.

Soudain, il l'attira à lui.

— Non. Nous n'en avons pas fini tous les deux, tu le sais bien…

Sa bouche se posa sur celle de Rose et il glissa sa langue entre ses dents dans un long baiser passionné.

— Puisque nous nous retrouvons pris au piège de ces fiançailles, autant en profiter, reprit-il d'une voix rauque. Je te désire, et si tu essaies de dire que je te suis indifférent, je proclamerai haut et fort que tu n'es qu'une menteuse.

— Je… Tu…

Elle voulut protester, mais ne trouva rien à lui opposer. Elle s'était dit que, même s'il ne lui offrait rien d'autre que son désir, elle s'y soumettrait, aussi longtemps qu'il durerait, sans rien exiger d'autre car il n'avait rien à lui offrir.

Abandonnant toute velléité de penser ou de parler, elle s'abandonna à la douceur et à la force de son étreinte avec un soupir d'abandon et de satisfaction mêlées.

— Oui, j'ai envie de toi, envie de ça, souffla-t-elle.

Aussi longtemps que cela durerait.

10.

— Superbe…

Rose sursauta en entendant la voix, tout près de son oreille. La tête penchée sur un nuage de soie rose, les mains occupées à épingler le parfait arrondi d'une jupe, elle n'avait pas entendu Nairo entrer dans la pièce où elle mettait la dernière main à la robe d'une des demoiselles d'honneur. Jusqu'à ce qu'il se penche vers elle pour poser un baiser sur sa joue.

Sans le regarder ni lui répondre, elle inclina la tête et tenta de se concentrer sur le tissu, tout en sachant qu'elle aurait dû accueillir avec plus d'ardeur ce fiancé qui rentrait d'un trop long voyage d'affaires.

Ses sentiments n'avaient pas changé, mais elle se sentait toujours incapable de les exprimer. Nairo était parti plusieurs jours et il lui avait manqué bien plus encore qu'elle ne l'aurait imaginé. Une sensation qu'accentuait encore la proximité du mariage d'Esmeralda et du moment où leurs « fiançailles » n'auraient plus de raison d'être. Alors, Nairo annoncerait leur rupture, comme il l'avait promis, et elle devrait faire ses bagages…

— Vous n'êtes pas de mon avis, Marguerite ?

En souriant, il se tourna nonchalamment vers l'amie de la mère d'Oskar qui avait pris en main le contrôle des préparatifs du mariage et tenait à tout vérifier.

— Cette robe est spectaculaire, n'est-ce pas ? Et elle va à merveille à votre fille.

Depuis que Nairo avait annoncé leurs « fiançailles », l'atmosphère entre les deux familles s'était beaucoup réchauffée, même en son absence. Esmeralda, bien sûr, était folle de joie que son frère adoré et sa nouvelle grande amie soient tombés amoureux et la famille Schlieburg — ainsi que la duchesse Marguerite — s'était considérablement radoucie.

Pourtant, cela ne facilitait pas la vie de Rose, bien au contraire. Chaque regard, chaque sourire était un mensonge, mais elle devait tenir la promesse faite à Nairo. Elle était censée être follement amoureuse, un rôle qu'elle n'avait aucun mal à jouer. Pourquoi se sentait-elle alors à ce point en danger quand elle savait que la tendresse de sa voix, la caresse de ses doigts lorsqu'il la prenait par la main ou par la taille, et même les baisers qu'il posait sur sa joue ou sur sa bouche, tout n'était que comédie. Une comédie qu'il jouait à merveille sans éprouver le moindre sentiment, alors qu'elle se sentait déchirée, anéantie… Et pour couronner le tout, elle ne pouvait parler à personne de leur relation.

Elle lâcha le morceau de soie rose et suça au bout de son index une goutte de sang, là où elle venait d'enfoncer maladroitement une épingle. Il n'y avait pas de relation entre eux, juste un honteux petit secret.

— Attention. Tu risques de faire une tache.

D'un geste habile il écarta la soie, mais en même temps, de l'autre main, il lui effleura la nuque et Rose ne put empêcher son corps tout entier de réagir délicieusement à la tiédeur de ses doigts sur son cou.

— Viens me retrouver cette nuit, murmura-t-il contre son oreille. À 11 heures.

Lorsqu'il retira sa main, elle éprouva un affreux sentiment de perte et d'abandon, une douleur aiguë qui lui perça le cœur et elle ne put s'empêcher d'envier Esmeralda qui avait le droit d'exposer son bonheur radieux aux yeux du monde. Elle, au contraire, était contrainte de dissimuler la vérité puisque Nairo croyait que, tout comme lui, elle jouait la comédie.

Quelle ironie de penser que par le passé, alors qu'elle croyait l'aimer, elle s'était enfuie de peur de lui révéler cet amour qu'elle n'avait plus la force de dissimuler ! Aujourd'hui, elle se sentait assez forte pour tenir bon tant bien que mal jusqu'au terme de cette aventure…

Sans doute était-ce là toute la différence, à moins que l'éloignement de Nairo ne soit la cause de son comportement passionné, cette nuit-là. À peine était-elle arrivée dans l'appartement qu'il la souleva dans ses bras et la déposa sur le lit sans plus de cérémonie. Puis il la déshabilla entièrement et, sans lui laisser le temps de goûter la fraîcheur de l'air nocturne sur sa peau tiède, il la couvrit de baisers et de caresses, laissant une trace brûlante partout où il la touchait.

Puis il se glissa en elle, qui était prête à l'accueillir. Le cœur battant, elle s'abandonna et sentit son corps fondre, perdu, à la dérive, tout entier absorbé par la passion qui la submergeait.

Cette nuit-là, son orgasme fut si puissant, si bouleversant qu'elle se sentit transportée dans un autre univers où rien n'existait plus que cet homme si viril et passionné et les sensations exquises qu'il faisait naître en elle.

Au bout d'un long moment, elle revint pourtant à la réalité, sans savoir depuis combien de temps elle était allongée là, oublieuse de tout sauf de Nairo qui la serrait contre lui, haletant, le cœur encore palpitant contre son oreille.

— C'était… particulier, ne put-elle s'empêcher de murmurer. Très particulier.

À la façon dont le corps de Nairo bougea contre le sien, elle sentit qu'il changeait d'humeur. Ses muscles détendus par le plaisir se raidirent et, sans un mot, il la serra plus fort contre lui.

— Je ne m'attendais pas à ce que tu éprouves la même impression, balbutia-t-elle.

— Pour moi aussi, c'était particulier, répondit-il d'une voix sombre. Jamais nous n'avions encore joui de cette façon, toi et moi.

Si c'était censé être un compliment, il était loin d'obtenir l'effet désiré. Pour lui, ce n'était que du sexe sans émotion, ni sentiment.

— Ce n'est pas vrai, murmura-t-elle.

Les mots étaient sortis malgré elle. Cette fois, il s'écarta et se redressa pour s'adosser à la tête de lit sculptée, la dévisageant d'un regard inquisiteur.

— Qu'est-ce que tu insinues ?

Avait-elle, tout comme lui, perçu la différence ? se demanda-t-il. Jamais il n'éprouverait plus pour elle ce qu'il ressentait jadis, cette fougue brûlante de l'innocence partagée. Dès la première fois, elle avait redonné du sens à sa vie, et l'avait poussé à changer d'existence et de monde. Pour elle.

L'idée qu'elle ait pu éprouver la même chose que lui le déstabilisa soudain. Y avait-il eu un indice dans son comportement qui avait dévoilé à Rose la part de lui-même qu'il gardait cachée ? Une part que ni son père ni même Esmeralda n'avaient jamais connue.

— Explique-moi ce que tu veux dire.

Elle s'assit à côté de lui dans le lit et tira le drap sur ses seins. Ce changement dans son attitude alerta Nairo. L'heure n'était plus aux rêves et, même si elle lui avait volontiers offert son corps, elle tenait à protéger de lui l'essentiel de son intimité.

— Autrefois, tu as connu quelqu'un qui a beaucoup compté, n'est-ce pas ? questionna Rose.

— Mais non ! Personne.

— Esmeralda m'a dit…

La bouche qui lui avait donné tant de plaisir se crispa et il n'eut pas même besoin de formuler la réponse.

— Ma sœur est une incorrigible romantique. De plus, à cette époque, elle était encore une enfant et elle n'a rien compris. Aujourd'hui, sous l'effet de son propre mariage de conte de fées, elle a tendance à enjoliver toute relation entre un homme et une femme.

Son ton était si glacial que Rose frissonna et ramena le drap plus haut sur sa poitrine, comme pour se protéger de l'impact des mots.

— Et que s'est-il passé ?

— Tu y étais. Je ne vois pas pourquoi tu me poses cette question.

— Je veux que tu me le dises, insista-t-elle, sans bien savoir elle-même ce qu'elle cherchait.

Il eut un demi-sourire qui la glaça au plus profond de son être.

— C'est tout simple. Tu m'avais dans la peau, et moi, je t'avais dans la peau.

Il tendit la main et lui effleura l'épaule jusqu'à l'endroit où le drap dessinait une ligne infranchissable. En voyant son regard s'assombrir, elle dut faire un effort pour maîtriser sa réponse.

— En ce qui me concerne d'ailleurs, c'est toujours vrai, et d'autant plus que tu as mûri, continua-t-il.

Quelque chose avait changé dans le visage de Nairo, et son regard se fit plus aigu, plus inquisiteur.

— C'est vrai pour toi aussi, n'est-ce pas ? insista-t-il.

— Mais oui…, répondit-elle avec un détachement qu'elle était loin de ressentir.

Redoutant qu'il n'en lise davantage dans son regard qu'elle ne l'aurait voulu, elle lui sourit.

Elle avait prié Dieu que Nairo lui pardonne d'être allée voir la police, et son vœu avait été exaucé. C'était il y a longtemps, avait-il dit, le tiers de leur vie. Et il avait haussé les épaules devant sa bêtise, sa naïveté de l'avoir soupçonné. Mais la réalité, c'est qu'elle n'avait jamais compté pour lui comme il avait compté pour elle.

— Oui, c'est exactement ce que je ressentais à l'époque, reprit-elle, même si ce mensonge lui brûlait la langue.

Pour se protéger des sentiments qu'il éveillait en elle, et du désir qu'elle avait de lui ouvrir son âme, elle sortit du lit et s'enroula dans le drap.

— J'ai faim ! lança-t-elle par-dessus son épaule, consciente que c'était une tout autre faim qui la tenaillait, une faim qu'aucune nourriture ne pouvait apaiser. Tu veux quelque chose ?

— Tu sais très bien ce que je veux.

À la surprise de Rose, il se leva et, après avoir enfilé sa robe de chambre, il la suivit dans la cuisine.

— Alors, où es-tu allé, cette fois-ci ? demanda-t-elle un peu plus tard en épluchant une pomme, la seule nourriture qu'elle se sentait capable d'avaler en dépit de ce qu'elle venait de déclarer.

— À Londres. Pour affaires.

Il remplit deux verres de vin et en posa un devant elle sur la table avant d'aller s'installer avec l'autre sur une chaise et d'étendre les jambes devant lui.

— Ta mère a l'air d'aller mieux, lança-t-il sans préambule.

— Tu es allé la voir ?

Rose avait du mal à le croire, mais il acquiesça.

— J'ai voulu vérifier que tout se passait bien. Et vraiment, tout se passe bien. Margaret et elle s'entendent toujours à merveille. Elle t'envoie tout son amour.

— Merci. Pour moi, ça compte énormément.

Nairo ne semblait donc plus si convaincu qu'elle avait été trop indulgente en pardonnant à sa mère.

— Jamais je n'aurais cru…

— Et moi, je n'aurais pas pu vivre sans avoir fait la paix avec mon père avant sa mort, coupa Nairo d'une voix chargée d'émotion. Tout ce que je désirais, c'était renouer avec ma famille. C'est ce qui m'a permis de ravaler mon orgueil.

À la façon dont il leva son verre et avala une gorgée de vin, elle comprit, mieux qu'à ses paroles, ce qu'il devait ressentir.

— Moi aussi, reconnut-elle en posant le quartier de pomme sur son assiette. Et c'est aussi ce que ma mère a cherché durant toute sa vie, cette impression d'appartenir à...

Elle s'interrompit car quelque chose avait changé sur le visage de Nairo. Même si son expression ne s'était pas vraiment radoucie, il paraissait moins crispé.

— Je t'ai rapporté quelque chose, dit-il en désignant de son verre un buffet, près de la porte. Un cadeau.

— Mais pourquoi ?

— Quel drôle de fiancé ferais-je si je n'apportais pas à ma bien-aimée un présent pour me faire pardonner de l'avoir abandonnée ! Regarde...

Elle se leva, toujours enveloppée dans le drap, et se dirigea vers le buffet.

— Là ? demanda-t-elle en posant la main sur l'attaché-case qu'il y avait déposé en arrivant.

— Ouvre-le, il n'est pas verrouillé, dit-il en la voyant hésiter. Regarde à l'intérieur. Dans la pochette qui porte le nom d'une galerie d'art.

La pochette était mince et plate. On aurait dit qu'elle ne contenait rien. En l'ouvrant, elle découvrit un dessin abstrait aux couleurs éclatantes. Pourpre et doré avec quelques touches de turquoise, sa couleur préférée.

— Superbe, s'écria-t-elle, sincèrement ravie, mais...

Absorbée dans sa contemplation, elle ne l'avait pas vu se lever, et soudain elle sentit derrière elle la chaleur de son corps, à travers le fin coton du drap.

— Retourne-le, dit-il en lui prenant la main pour l'aider à le retourner.

Au dos, elle découvrit une inscription :

« *Rosa in tramonta* ».

— Cela veut dire « Rose au coucher de soleil ».

Au même instant, elle lut la suite de l'inscription et comprit pourquoi il avait acheté ce dessin. Le sol vacilla sous ses pieds et ses yeux se brouillèrent.

— Enzo Cavalliero…, articula-t-elle à travers les larmes qui ruisselaient sur son visage. Enzo… Mon père…

Elle se jeta dans les bras de Nairo et enfouit son visage contre sa poitrine, s'abandonnant à l'émotion qui la submergeait.

— C'était censé te faire plaisir, articula-t-il d'une voix légèrement tremblante.

— Je suis folle de joie, réussit-elle à dire entre deux sanglots. Absolument.

Il ne répondit rien d'autre que « *Bueno* », la serrant contre lui jusqu'à ce qu'elle ait recouvré ses esprits. À la fin, elle leva la tête et lui sourit.

— Merci.

— Je regrette seulement que…

Doucement, il lui prit le carton des mains pour lui montrer les dates inscrites au dos, mais elle ne comprit pas immédiatement ce qu'il avait en tête. Soudain, elle réalisa. Enzo Cavalliero était mort très jeune.

Avant sa naissance.

Elle mit un moment avant de pouvoir répondre.

— Rien d'étonnant à ce que ma mère n'ait pas pu le retrouver, réussit-elle enfin à articuler dans un souffle. En définitive, au moins il ne nous a pas abandonnées, ni elle, ni moi. Tu lui en as parlé ?

— Non. J'ai pensé que tu aimerais mieux t'en charger.

Il avait raison. Il fallait qu'elle le dise à Joy, qu'elle lui montre le dessin.

Comme leurs vies à sa mère et à elle auraient été différentes si Enzo n'était pas mort si jeune ! Peut-être, si elle avait eu une vraie famille, n'aurait-elle jamais quitté Nairo ? Peut-être aurait-elle été plus encline à lui faire confiance ? Mais dans ce cas, jamais elle n'aurait dû fuir Fred Brown et elle n'aurait donc pas rencontré Nairo… Bouleversée, elle lui serra la main sans cesser de contempler le dessin en répétant :

— Merci… Merci…

En refermant l'attaché-case, elle découvrit une photo que lui avait dissimulée la pochette de la galerie d'art.

— Cette maison… Mais c'est le squat !

Ce n'était d'ailleurs plus un squat. La vaste demeure, désormais restaurée, avait retrouvé sa beauté.

— Qu'est-ce c'est ? s'enquit-elle en désignant la plaque apposée sur le mur à côté de la porte. La Maison d'Esmeralda. Une clinique ?

— Pour les jeunes anorexiques, compléta Nairo non sans réticence, le regard rivé sur la photo.

Était-il en train, comme elle, de contempler la fenêtre du premier étage, comme si les fantômes qui avaient vécu là dix ans plus tôt pouvaient en surgir ?

— Je ne voulais plus moi-même de cette maison, mais je tenais à en faire bon usage. Désormais, on y fournit une aide médicale et psychologique aux malades dont certains peuvent même y vivre sous surveillance jusqu'à ce qu'ils aillent mieux.

— Quelle excellente idée ! s'écria-t-elle en le serrant dans ses bras avec un enthousiasme bien réel.

Elle le sentit se détendre peu à peu.

— Je suis ravi de te l'entendre dire.

— Nairo, tu as une photo d'elle ?

Sans qu'elle ait besoin de préciser, il consulta son téléphone avant de le lui tendre.

— C'est Esmeralda ?

Elle n'arrivait pas à croire que cette robuste petite fille

aux immenses yeux sombres et aux cheveux noirs et bouclés ait pu devenir la fragile jeune femme qu'elle connaissait.

— À quel âge ?

— Neuf ans. Juste avant que…

Juste avant qu'il n'ait été chassé de chez lui par sa menteuse de belle-mère et son père. Elle comprit soudain qu'elle pouvait maintenant lui dire ce qui lui brûlait depuis si longtemps les lèvres.

— Cette femme — Carmen — lui avait reproché d'être trop grosse ? demanda-t-elle avant de lire la réponse dans les yeux de Nairo. Comment a-t-elle pu… ?

Comprenant qu'il n'avait pas envie d'aller plus loin, elle le prit par la main et le guida vers un canapé où elle le fit asseoir avant de se blottir contre lui.

— Concernant Esmeralda, tu n'as rien à te reprocher. Ton père, ta belle-mère, ce sont eux les responsables.

— Si j'avais été présent…

— Tu l'aurais été si ton père t'avait fait confiance. Alors, rien n'aurait pu t'arrêter.

Il resta un long moment silencieux et immobile.

— *Gracias. Muchas gracias*, finit-il par chuchoter tout contre la tempe de Rose.

Il n'avait pas besoin de lui dire merci. Elle aurait pu rester là toute la nuit.

— Esmeralda m'a parlé de ta bague de fiançailles, reprit-il. Elle s'étonne que…

— C'est sans doute la tradition, mais ce serait un mensonge de plus ! s'écria-t-elle vivement. Une bague de fiançailles, c'est le symbole d'un engagement, d'une intimité, d'un amour. Nous ne partageons rien de semblable !

Comme elle tentait de se relever, le drap dans lequel elle était enveloppée tomba, exposant sa nudité, et elle sentit la main de Nairo remonter doucement de sa hanche jusqu'à son sein. Lentement, il en effleura le bout, fasciné de toute évidence par la façon dont il durcissait à ce contact. Puis, il baissa la tête et se mit à le titiller de la langue. Rose ne put s'empêcher de gémir, le corps en feu.

— L'amour... Je n'ai jamais su ce que c'était, murmura-t-il. Et ça ne m'a pas manqué. Mais, *querida*, quand les choses se passent aussi bien qu'entre nous, je ne vois pas ce que l'amour pourrait apporter de plus.

— Tu as raison. Personne n'a envie de rien d'autre.

Elle avait beau savoir qu'elle mentait et aspirer à tout autre chose, il ne fallait pas l'avouer, même si la passion la submergeait. Elle aurait voulu garder cet homme la vie entière, l'éternité, obtenir de lui beaucoup plus que ce qu'il était prêt à lui donner. Mais elle le désirait tant qu'elle était prête à tout pour ne pas renoncer au peu qu'il avait à lui offrir.

Déjà, elle n'était plus que sensation brûlante, attente, désir. Rien d'autre ne comptait plus en cet instant.

— Oh ! oui, souffla-t-elle contre son oreille en l'attirant à elle et en se lovant contre lui. Oui !

Demain viendrait bien assez tôt. Mais pour cette nuit — même si c'était la dernière — à quoi bon songer à l'amour ?

À force de se le répéter, sans doute finirait-elle par le croire.

11.

— Quelle journée merveilleuse, Rosalita ! Ils ont tous trouvé ma robe absolument superbe ! s'écria Esmeralda en prenant Rose dans ses bras et en la serrant à l'étouffer, au point qu'elle ne pouvait même pas répondre. Et la prochaine fois, ce sera ton grand jour à toi.

C'en était trop pour Rose. Elle savait bien qu'avec ses scènes de joie, ses promesses et ses déclarations d'amour éternel, cette journée serait une épreuve, mais pour deux raisons, elle s'était révélée bien pire encore qu'elle ne l'avait imaginé.

D'abord, il lui avait fallu accepter les félicitations des innombrables invités et se forcer à sourire à en avoir mal aux mâchoires. Mais avant, il y avait eu cette enveloppe qu'elle avait trouvée le matin même dans sa chambre, posée sur une table, après être sortie de l'appartement de Nairo juste à temps pour aider Esmeralda dans ses préparatifs. Et le souvenir de son contenu n'avait plus cessé de la hanter.

Elle n'osait plus croiser le regard brun de la jeune mariée, de peur d'y lire la question que celle-ci brûlait certainement de lui poser. Et ce fut pire lorsqu'elle aperçut la haute silhouette de Nairo qui se dirigeait vers elles.

Lui qui croyait que, même pour sauver sa vie, elle était incapable de mentir… Elle avait espéré réussir à l'éviter, mais c'était compter sans Esmeralda, qui lui avait demandé de se poster à l'entrée de la cathédrale pour vérifier sa robe avant qu'elle ne remonte l'allée.

— J'ai tellement hâte que tu deviennes ma belle-sœur !

Rose n'en pouvait plus de mentir à la jeune femme dont elle était devenue très proche, mais elle appréhendait davantage encore le moment où il lui faudrait la détromper. Maintenant qu'elle était mariée et que Nairo avait atteint son but, elle allait bien devoir le faire. La coupure de journal et la photo trouvées dans l'enveloppe, sur la table, ce matin, avaient réveillé en elle d'affreux souvenirs et elle devinait que le temps lui était désormais compté.

— Nous ne voulons pas nous précipiter, avait-elle articulé péniblement, consciente de la présence de Nairo à côté d'elles.

— Comment, vous précipiter ! répondit Esmeralda en riant tandis que le visage de son frère s'assombrissait. Dis donc, Nairo, qu'entends-tu au juste par là ? Tu n'as même pas offert encore de bague à Rose.

La jeune femme, qui se souvenait de la nuit où elle avait refusé la bague qu'il lui proposait, symbole de leur mensonge, se hâta d'intervenir.

— Je n'ai pas besoin de bague. Je…

Esmeralda insista.

— Je ne te comprends pas, *hermano*. Maintenant que tu as enfin trouvé la femme que tu aimes, tu n'as donc pas envie que le monde entier le sache ? Tu n'es pas comme moi.

— Toi, petite sœur, tu voulais un grand mariage romantique avec des tas d'invités et de falbalas, répondit-il avec une tendre ironie, comme chaque fois qu'il faisait mine de se moquer de sa sœur.

Désespérée, Rose porta son verre de cristal à ses lèvres, espérant qu'une gorgée de champagne apaiserait au moins le feu de sa gorge desséchée. Dès l'instant où elle avait vu Nairo prendre le bras de sa sœur pour remonter l'allée, elle avait senti son cœur se serrer si fort qu'elle en avait du mal à respirer.

Elle ne pouvait s'empêcher d'imaginer Nairo en marié,

tout aussi élégant dans un habit semblable, tendant le bras à sa future épouse en robe de dentelle, le visage dissimulé sous un voile délicat. Le visage d'une inconnue. En aucun cas le sien.

— Je suis venu te dire que ton mari te cherche partout. Et moi, j'ai quelque chose à dire à ma fiancée.

Il n'aurait pas eu besoin d'ajouter ce nouveau mensonge car Esmeralda avait déjà tourné les talons, laissant Rose seule avec cet homme dont la seule présence lui mettait les nerfs à vif.

— De quoi s'agit-il ? questionna-t-elle sèchement.

— Pas ici, répondit-il sur un ton aussi imperturbable que son visage. Viens avec moi.

Comme il la prenait par la main et l'entraînait sans ménagement dans la direction opposée à celle qu'avait prise sa sœur, elle fut bien obligée de le suivre. Dès qu'ils eurent franchi la porte du hall, le bourdonnement des conversations s'estompa et la maison lui sembla soudain froide et silencieuse, presque étrangère. Elle réalisa à cet instant à quel point elle en était venue à aimer le *castillo*. Non pas à cause de sa taille et de son luxe, mais parce qu'au fil des semaines elle s'y était sentie de plus en plus chez elle, en sécurité et en paix pour la première fois de sa vie. Les nuits passées avec Nairo avaient encore accentué cette impression et elle s'était refusée à penser qu'il lui faudrait bientôt partir.

Le moment était donc venu, plus vite qu'elle ne l'aurait pensé et, à peine séchée l'encre sur le registre des mariages, Nairo devait avoir hâte de retrouver sa liberté. Eh bien, elle n'allait pas le supplier de lui accorder un répit ! Elle affronterait la situation les yeux grands ouverts et aussi dignement qu'elle le pourrait.

« Ne te fais pas de souci, *querida*… C'est moi qui en assumerai la responsabilité. Tout ce que tu auras à faire, c'est de brandir ton cœur brisé. »

Brandir son cœur brisé ne serait pas bien difficile. Elle n'aurait même pas besoin de faire semblant.

— Ici…

La bibliothèque était située à l'opposé de la salle de bal et munie d'un verrou qui préserverait leur intimité, se dit Nairo en pénétrant dans la pièce. Sans doute n'était-ce pas le moment le mieux choisi pour avoir cette discussion avec Rose, mais cela faisait trop longtemps qu'il vivait dans le mensonge pour pouvoir s'en satisfaire plus longtemps.

Toute la journée, il avait contemplé Esmeralda, plus resplendissante qu'un astre, les yeux étincelants de joie. Il avait senti ses doigts trembler sur son bras tandis qu'ils remontaient l'allée, mais ces tremblements avaient cessé dès qu'Oskar s'était tourné vers elle avec aux lèvres un sourire aussi éclatant que le sien.

C'est ce sourire qui avait bouleversé Nairo, l'arrachant à la mélancolie où il avait sombré. Un instant, il s'était imaginé que c'était lui qui se trouvait au pied de l'autel, Rose à ses côtés…

En revenant à la réalité, il avait eu l'impression de recevoir une gifle et il avait dû reconnaître qu'il devait agir, sinon, il se retrouverait dans la même situation que dix ans plus tôt. Avait-il donc si peu appris entre-temps ? Il lui fallait parler à Rose, et le plus vite possible.

Mais maintenant, les mots lui manquaient.

— Tu dois avoir à me dire des choses vraiment terribles pour te sentir obligé de nous enfermer ? articula-t-elle d'une voix tremblante, comme il tournait la clé dans la serrure.

— C'est pour éviter qu'on nous dérange, voilà tout.

Visiblement, elle n'avait qu'une idée en tête, s'enfuir, alors qu'il ne pensait qu'à la garder auprès de lui. Dès l'instant où elle avait fait un pas en avant pour arranger la robe d'Esmeralda, il avait compris. L'arrivée de sa sœur avait provoqué des cris d'enthousiasme dans l'assistance, mais à ce moment, dans toute l'Espagne, pour lui, il n'existait plus qu'une seule femme, et ce n'était pas sa sœur.

Rose portait une robe de soie vieil or, plutôt moulante, rehaussée de dentelle aux épaules et à l'ourlet. Ses cheveux auburn étaient dissimulés sous un chapeau ridicule et adorable, orné de deux plumes parfaitement assorties à sa robe, et dont la simple vue avait suffi à faire battre plus vite le cœur de Nairo. Sans qu'elle soit très maquillée, aujourd'hui une discrète ombre à paupières soulignait ses yeux verts et une touche de rouge mettait en valeur ses lèvres sensuelles. Comment avait-il réussi à se contrôler au lieu de la prendre par le menton pour embrasser passionnément sa bouche délicieuse ? Sous le porche de la cathédrale, il avait dû se battre contre l'instinct primitif qui s'emparait de lui.

D'un geste gracieux, elle ôta son impertinent petit chapeau et le posa sur la table avant d'arranger sa coiffure dans un geste charmant qui faillit faire perdre à Nairo tout son sang-froid.

— Je sais ce que tu as en tête, déclara-t-elle d'une voix saccadée.

— Vraiment ?

Non sans étonnement, il la vit alors tirer de son sac une coupure de journal qu'elle déplia et déposa sur la table devant lui. Il savait de quoi il s'agissait. Cette photo lui avait sauté aux yeux quand il avait ouvert le journal, le matin même.

— Ah… C'est donc ça !

— Oui, c'est ça, dit-elle en le fixant de ses grands yeux brun-vert aussi profonds que les profondeurs marines.

— C'est de ça que tu voulais me parler, n'est-ce pas ?

— En partie, oui.

Cette réponse ne lui apprit rien, et sur son visage elle ne découvrit pas la colère qu'elle s'était attendue à y voir. Il devait être meilleur comédien qu'elle ne le croyait.

Elle aplatit la coupure de journal où son propre visage semblait la défier du regard. Il s'agissait d'une petite photo d'identité, du genre qu'on prend dans une cabine automatique. Une photo vieille de dix ans que Nairo et elle avaient prise un jour où ils avaient exceptionnellement de quoi s'offrir un petit plaisir. Nairo riait à l'objectif tandis qu'elle lui posait un baiser sur la joue.

Cette photo avait été publiée dans la presse anglaise et espagnole sous le titre suivant :

Hola de Nuevo !
De vieux amoureux enfin réunis.

Suivait un article qui racontait comment l'homme d'affaires milliardaire Nairo Moreno avait connu sa belle fiancée Rose Cavalliero dix ans plus tôt. Le récit de leur vie dans le squat y était exhumé et illustré d'une photo récente de la maison désormais restaurée. Le rapport de police concernant le trafic de drogue était longuement cité et ce n'est qu'à la fin de l'article que l'innocence de Nairo était mentionnée. En le lisant, elle comprit sa colère. Pour lui, une seule personne pouvait avoir fourni à la presse ces informations. Toute la journée, elle s'était attendue à voir exploser le volcan et elle était surprise qu'il parvienne à si bien se maîtriser.

— Tu as quelque chose à me dire à ce sujet ? demanda-t-il.

Dans sa voix, elle ne percevait ni colère ni accusation. On aurait dit plutôt qu'il avait perdu quelque chose de très important et c'était exactement ce qu'elle ressentait, elle aussi. Rassemblant tout son courage, elle se dit que, cette fois, elle lui devait la vérité qu'elle lui avait dissimulée dix ans plus tôt.

— Ce n'est pas toi qui as livré cette photo et ce rapport de police aux journaux, mais j'aurais préféré. Non, tu n'aurais pas pu. Jamais tu ne pourrais faire du mal à quelqu'un que tu aimes autant.

Elle éprouva un immense soulagement auquel se mêlait

un autre sentiment. Comment pouvait-il savoir ? Et pourquoi avait-il l'air si détaché, si déçu, même ?

— Jamais tu n'aurais fait ça à Esmeralda le jour de son mariage.

Elle chancela, étourdie. Elle s'attendait à une déclaration de guerre, à devoir faire ses bagages pour partir immédiatement et elle se retrouvait face à un homme très calme, très pâle, sans qu'elle sache ce qu'il attendait d'elle.

— Je ne comprends pas, balbutia-t-elle en se laissant tomber sur la chaise la plus proche.

Nairo la dominait de toute sa hauteur et elle se sentit plus petite et plus vulnérable encore.

— Mais qu'est-ce qu'Esmeralda a à voir dans tout ça ?

— Je t'ai observée quand tu étais avec elle et je sais que tu l'aimes beaucoup. Jamais tu ne lui aurais fait une chose pareille.

Un rire hystérique sortit de la gorge de Rose.

— Jamais je n'aurais fait une chose pareille ? À Esmeralda ?

Il fronça les sourcils, visiblement surpris.

— Bien sûr. À qui d'autre sinon ?

— Oh ! Nairo, tu ne le sais vraiment pas ?

À peine avait-elle posé cette question que son cœur se glaça. Non, il ne savait pas. Il pouvait voir ce qu'elle ressentait à l'égard de sa sœur, mais il était totalement aveugle aux sentiments qu'elle éprouvait pour lui. Parce qu'il ne pouvait ou ne voulait pas les voir. Et puis soudain, elle comprit. Il lui avait promis de lui donner un motif de rompre leurs fiançailles, un motif que tout le monde trouverait valable…

— Je sais que tu tiens à en finir le plus vite possible…

Elle bondit sur ses pieds sans plus se soucier de lui dissimuler ses sentiments. De toute façon, il était trop tard.

— Tu ne crois pas que tu aurais pu attendre un tout petit peu ? lança-t-elle. Ne serait-ce que pour Esmeralda.

Elle était si heureuse aujourd'hui… Comment va-t-elle réagir quand elle apprendra notre rupture ?

— Il fallait que ce soit aujourd'hui, s'écria Nairo d'une voix rauque. Je ne peux pas continuer à vivre de cette façon, dans le mensonge. Je n'en peux plus.

12.

Evidemment, elle ne pouvait pas savoir à quel point cela lui avait coûté de vivre ainsi, dans le mensonge pendant si longtemps, reconnut Nairo. De dissimuler ses sentiments. Ou plutôt les montrer, mais en feignant de les simuler pour convaincre le monde entier qu'ils étaient bien réels. Un enfer qui durait depuis des semaines et qu'il n'arrivait plus à supporter.

Pourtant, il avait espéré que tout se passerait autrement. Il dirait à Rose qu'il lui faisait totalement confiance, que ce n'était pas elle qui avait livré à la presse le rapport de police et la photo, il le savait. Il soupçonnait quelqu'un d'autre, ce coup tordu portait la marque de Jason, même s'il n'avait aucune idée de la façon dont il avait pu se procurer la photo.

Mais peu importait le coupable. Pour la première fois de sa vie, il croyait en la loyauté d'une femme qui ne faisait pas partie de sa famille. Il l'avait amenée là pour le lui dire et, dans son for intérieur, il avait espéré qu'ensuite elle reviendrait peut-être sur sa décision de rompre leurs fiançailles fictives.

Mais cela avait échoué, lamentablement, se dit-il avec un rire amer qui l'empêcha de laisser échapper les mots qui auraient pu trahir ses sentiments, des mots qui s'apprêtaient à jaillir de ses lèvres. Des mots qu'elle n'avait aucun désir d'entendre.

— Assez de mensonges, déclara-t-il d'une voix froide et aussi tranchante.

« Assez de mensonges. » Rose se souvint d'une phrase qu'il avait prononcée quelques minutes plus tôt et que, sur le moment, elle n'avait pas bien comprise.

— « Ce n'est pas toi qui as livré ce rapport, mais j'aurais préféré. »

En le voyant hocher la tête, elle se rendit soudain compte que cette phrase, elle venait de la répéter à mi-voix.

— Je suis un imbécile, pas vrai ? s'écria-t-il en fourrageant de la main dans ses cheveux. Un imbécile aveugle, complètement fou. Mais j'espérais…

Sa chevelure en bataille lui donnait un air enfantin qui attendrit Rose. Elle redoutait de le questionner, mais il le fallait ou elle risquait de laisser passer une chance qui ne se représenterait plus jamais.

— Comment peux-tu être heureux de penser que j'ai livré cette photo à la presse ? demanda-t-elle d'une voix tremblante.

Nairo s'appuya à la table qui se dressait au milieu de la pièce, les yeux rivés à ses pieds, hochant la tête comme s'il n'arrivait pas lui-même à y croire.

— Parce que cela prouverait que tu l'as gardée. Jamais je ne l'aurais espéré.

— Te faut-il vraiment encore une preuve ?

— Rose, non…, dit-il en tendant les mains vers elle dans un geste désespéré.

Elle ouvrit son sac et en tira l'original de la photo qu'elle déposa sur la table, à côté de l'autre. Pour lui prouver qu'elle ne l'avait livrée à aucun journaliste.

— Je n'ai pas besoin de preuve. Je sais bien que…

— Vraiment ?

— Mais oui. À cause de ça.

Il tira de sa poche un portefeuille et en sortit une photo

en noir et blanc qu'il posa sur la table à côté de la sienne. Une photo semblable.

Sauf que, sur cette photo-là, c'est Rose qui fixait l'objectif en souriant et Nairo qui posait les lèvres sur sa joue.

— Tu…

Elle ne put aller plus loin tant la vue des deux clichés posés l'un à côté de l'autre lui déchirait le cœur. C'est visiblement ce qu'il attendait, et quand Rose en prit conscience, cela lui donna plus d'espoir qu'aucun mot qu'il aurait pu prononcer.

— Tu as gardé cette photo. Mais pourquoi ? questionna-t-elle.

— Pour ne jamais t'oublier.

L'oublier, elle, ou oublier ce qu'elle lui avait fait ? La façon dont elle l'avait traité ?

— Quand j'ai vu la photo dans le journal, je me suis dit que tu avais toi aussi gardé la tienne, peut-être pour la même raison, dit-il en tendant vers l'autre cliché une main tremblante. Mais je savais que jamais tu n'aurais pu la livrer à un journal. Non, tu n'aurais pas pu.

Cette révélation de la confiance absolue qu'il avait en elle bouleversa Rose et elle mit un moment à reprendre ses esprits pour envisager la situation sous un angle totalement différent.

— À ton avis, qui a fourni cette photo à la presse ?

— Jason, je suppose, répondit Nairo. Cette nuit-là, il a juré de se venger. De toi et de moi. Il a dû se dire que ce serait une bonne façon de désunir notre couple.

— « Notre couple. » Encore faudrait-il qu'il ait jamais existé…

— Comment peux-tu en douter ? Il suffit de voir ces photos…, dit-il en posant le doigt sur celle qu'elle avait tirée de son sac et où il souriait d'un air d'absolue béatitude. Le jour où nous les avons prises a été pour moi le début d'une ère nouvelle. C'est ce jour-là que j'ai décidé de renouer avec mon père et de lui présenter des excuses.

— Des excuses ? Mais tu n'avais rien fait de mal !

— Peu m'importait. Ce que je voulais, c'était changer de vie, prendre un nouveau départ, avoir davantage à t'offrir qu'une chambre crasseuse dans un squat misérable. Je voulais t'emmener en Espagne, ici. T'offrir un foyer. Avec moi.

— Et moi, j'ai tout fait échouer. Par ma faute, tu as tout raté.

Et elle aussi. Elle avait laissé passer sa chance de commencer une nouvelle vie avec Nairo. Sous ses yeux pleins de larmes amères les photos devenaient floues.

— Cela a été ma faute tout autant — ou plutôt davantage — que la tienne, déclara Nairo. Je ne te faisais pas suffisamment confiance pour te confier que j'espérais renouer avec ma famille ni pour te dire mon véritable nom. Jamais je ne t'ai avoué mes véritables sentiments. Jusqu'à maintenant.

— Jusqu'à maintenant ? répéta Rose, redoutant de se donner un faux espoir.

— Quand je t'ai vue harcelée par les paparazzis, j'ai compris que tu ne pourrais pas supporter cette pression et que tu risquais de partir.

— Tu es venu à ma rescousse.

— Peut-être, mais même si je ne voulais pas que tu partes, j'étais trop lâche pour t'avouer pourquoi. Alors j'ai imaginé ces fausses fiançailles, sous prétexte de préserver les relations d'Esmeralda avec sa belle-famille. Je voulais que tu restes ici pour me donner une nouvelle chance d'essayer. Mais comment aurais-tu voulu recommencer alors que jamais je n'avais osé te déclarer ce que je ressentais pour toi ?

Nairo prit une profonde inspiration et effleura les photos, comme si elles constituaient un talisman.

— J'ai préféré attendre que le mariage soit passé, pour que nous ayons tout notre temps à nous.

« Tout notre temps. » C'était déjà merveilleux, mais elle devait penser à l'avenir. Elle avait tenté de se convaincre qu'elle accepterait tout ce qu'il avait à lui offrir, le temps que ça durerait mais, en voyant Esmeralda ce jour-là, elle avait compris que ce n'était pas assez. Tout ou rien.

— Nairo, nous nous étions mis d'accord.

— Je le sais bien, acquiesça-t-il d'un ton sombre et véhément, et s'il le faut, je m'y tiendrai. Si tu veux encore que je te fournisse une excuse pour rompre, je tiendrai parole. Mais ne me force pas à faire comme si j'en avais choisi une autre, comme si j'en aimais une autre. Je ne peux pas. Jadis, je t'ai dit que tu serais incapable de mentir, même pour sauver ta vie, eh bien moi non plus, je n'y arrive pas et faire semblant d'aimer quelqu'un d'autre serait un horrible mensonge.

Il secoua la tête si violemment qu'une mèche de cheveux retomba sur son front.

— Non, je ne pourrais pas mentir de cette façon, même si c'était pour rendre sa liberté à celle que j'aime le plus au monde.

Le cœur de Rose se mit à battre la chamade. Avait-elle bien entendu ? Avait-il vraiment dit… ?

— En réalité, je ne peux pas te laisser partir.

De nouveau, il se passa la main dans les cheveux dans un geste inconscient qui en disait bien plus long que ses mots.

— Je sais bien que, si tu es restée, c'était pour Esmeralda…

— Pas seulement pour Esmeralda. Sinon…

— Tu l'adores, coupa-t-il d'une voix qui tremblait encore et c'est ce tremblement qui acheva de convaincre Rose.

— Oui, je l'adore, pour ce qu'elle est, bien sûr, lui dit-elle tendrement. Mais peut-être plus encore parce qu'elle fait partie de la famille de quelqu'un qui est tout pour moi. Parce qu'elle aime quelqu'un à qui je tiens plus qu'à ma vie…

— Qui donc ? articula-t-il d'une voix rauque, comme s'il avait du mal à la faire sortir de sa gorge.

Elle voulut se précipiter vers lui et fit un pas dans sa direction, mais il l'avait déjà devancée et prise dans ses bras pour la serrer contre lui tandis que sa bouche se posait sur la sienne, exigeante et passionnée.

Tout ce dont Rose avait rêvé. Tout ce qu'elle avait tant espéré sans jamais vouloir y croire. Elle était là, dans les bras de Nairo et elle était la seule femme qui comptait pour lui. Qu'aurait-elle pu demander de plus ?

Mais Nairo, lui, avait encore quelque chose à lui dire. Lentement, il la lâcha et sortit quelque chose de sa poche, un petit écrin en cuir, visiblement ancien.

— Esmeralda m'a reproché de ne pas t'avoir encore offert de bague. Je connais ton opinion à ce sujet, mais celle-ci est différente.

— Mon opinion à ce sujet ?

— J'ai apporté ceci parce que je voulais te demander dans les formes de m'épouser. De me faire l'insigne honneur de devenir ma femme, mais maintenant… Cette bague est celle qu'on se transmet dans notre famille de génération en génération, selon la tradition. Hélas, mon père l'a offerte à ma mère, et regarde comment leur mariage s'est terminé ! Je ne crois pas que tu veuilles d'un bijou qui traîne avec lui une pareille histoire.

— Oh ! Nairo…

Le souci qu'il se faisait, l'idée qu'il avait failli renoncer à lui offrir cette bague, tout cela en disait davantage sur ses sentiments que la plus enflammée des déclarations d'amour. Il avait voulu la lui offrir, mais il tenait surtout à ce qu'elle ait envie de la porter. Il refusait qu'ils finissent par se faire la guerre et se séparent comme s'étaient séparés ses parents avec d'horribles conséquences pour leurs enfants.

— Mais avant ta mère, d'autres femmes l'avaient portée, n'est-ce pas ? demanda-t-elle à voix basse.

Il acquiesça, les yeux rivés aux siens.

— Mon grand-père l'avait offerte à ma grand-mère et ils sont restés mariés presque soixante ans. Et leurs parents aussi, avant eux.

Rose ne put retenir un sourire, trop heureuse de lui donner cette joie.

— Alors, son histoire n'est pas si terrible, mon amour. Un seul échec. Nous ferons mentir ce mauvais présage et nous en ferons un gage d'amour et de bonheur éternel.

Nairo eut l'impression qu'un soleil plus étincelant illuminait la pièce. Il redressa la tête et tous ses muscles se détendirent soudain, comme si l'on ôtait un énorme poids de ses épaules. Il sourit à Rose en retour et souleva le couvercle de l'écrin, découvrant le superbe diamant qu'il recélait.

— Oui, nous en sommes capables, et c'est ce que nous ferons, *mi amor*, déclara-t-il d'une voix assurée qui vibrait d'un bonheur retrouvé. Je ne demande rien d'autre que de passer ma vie à faire de toi la plus heureuse des femmes, si tu me le permets.

— Oui, s'il te plaît… Oui…, balbutia Rose, incapable d'en dire davantage.

De nouveau il l'attira à lui et pressa ses lèvres sur celles de la jeune femme dans un baiser qui scellait sa promesse de cet avenir radieux.

Retrouvez en octobre,
dans votre collection

Azur

L'enfant caché du cheikh, d'Annie West - N°3875

ENFANT SECRET

« Arden, voici le cheikh Idris, émir de Zahrat. »
Bouleversée, Arden manque de lâcher un cri. L'homme qu'on lui présente ne peut être le souverain du royaume de Zahrat, c'est impossible ! Car il n'est autre que Shakil, le séduisant étudiant avec lequel elle a partagé la plus belle des nuits d'amour quatre ans plus tôt... avant qu'il ne disparaisse brutalement, sans jamais plus lui donner de nouvelles. Pourtant, le voici aujourd'hui devant elle, plus fascinant que jamais, et n'éprouvant visiblement aucun remords quant à ses mensonges ! Sauf que désormais, c'est Arden qui possède un secret : Dawud, son petit garçon de trois ans, aux yeux si semblables à ceux d'Idris...

Une idylle avec son patron, de Dani Collins - N°3876

COUP DE FOUDRE AU BUREAU

Vittorio Donatelli propose de lui venir en aide ? Gwen peine à le croire. Pourquoi son puissant patron souhaiterait-il la sortir du mauvais pas dans lequel elle se trouve ? Ne la soupçonne-t-il pas – comme le reste du monde d'ailleurs – de l'avoir trahi en manigançant avec un de leurs clients les plus importants ? Et s'il cherchait à la mettre à l'épreuve ? Ou, pire, à l'humilier ?... Qu'importe ! Gwen est prête à tout afin de sauver sa réputation et sa carrière. Même à s'allier à l'homme le plus intimidant, et le plus irrésistible, qu'elle ait jamais rencontré...

Son rival pour amant, de Michelle Smart - N°3877

INDOMPTABLES MILLIONNAIRES

Demain, elle épousera son ennemi. Et lui appartiendra. Cette folie, Elena est contrainte de s'y livrer pour éviter la prison à son père. Hélas ! si elle redoute son union avec Gabriele Mantegna, elle craint davantage encore les réactions de son corps lorsqu'elle se donnera à lui. Car, tandis qu'elle voudrait rester de marbre face à Gabriele, elle se sent peu à peu envahie par une passion brûlante, dévorante... un désir irrépressible pour l'homme qui la soumet au plus odieux des chantages...

La vengeance de Javier Vasquez, de Cathy Williams - N°3878

Tremblante, Sophie pénètre dans l'impressionnant bureau de verre de Javier Vasquez. Comment va-t-elle expliquer à l'homme qu'elle a dû quitter sept ans auparavant qu'elle a besoin de lui ? Que son ex-mari – celui que son père lui a imposé – l'a complètement ruinée… À sa grande surprise, le milliardaire, bien que froid et distant, semble disposé à lui venir en aide. Mais l'étonnement de Sophie se change rapidement en stupeur, puis en panique, lorsque Javier, qu'elle n'a jamais cessé d'aimer, exige qu'en échange elle emménage avec lui à Londres…

Troublée par un séducteur, de Lindsay Armstrong - N°3879

Arrogant, sûr de lui et présomptueux : Angus Keir est bien l'homme le plus irritant que Domenica ait jamais rencontré ! Aussi n'a-t-elle qu'une envie lorsqu'il se présente pour acquérir sa maison familiale : lui claquer la porte au nez ! Hélas, sa famille, ruinée, a désespérément besoin de cet argent… Domenica est donc contrainte d'accepter l'offre du milliardaire et de le côtoyer quelques jours afin de finaliser la vente. Quelques jours durant lesquels elle devra lutter contre la passion irrépressible que ce séducteur impertinent lui inspire…

Conquise malgré elle, de Miranda Lee - N°3880

Sortir avec le célibataire le plus en vue – et le plus volage – de Londres ? C'est bien la dernière chose à laquelle Alice se risquerait ! C'est donc sereine qu'elle se rend à la vente aux enchères à laquelle le célèbre Jeremy Barker-Whittle est l'invité d'honneur. Pourtant, dès l'instant où leurs regards se croisent, toutes les certitudes d'Alice s'effondrent. Car Jeremy éveille en elle une passion si vive qu'elle doute de pouvoir y résister bien longtemps. Surtout lorsqu'elle comprend que le beau milliardaire prend son attitude froide et distante comme un défi à relever…

Pour une nuit dans ses bras, de Rachael Thomas - N°3881

SECRETS D'ORIENT

Quelques heures volées à l'obscurité. Une nuit, une seule : voilà tout ce que Zafir al-Asmari est prêt à lui offrir. Et si Destiny sait qu'il s'agit là d'une folie, comment pourrait-elle résister au désir qu'elle éprouve pour le cheikh du Kezoban ? Depuis qu'elle l'a rencontré, elle ne songe plus qu'à se perdre entre ses bras puissants. Hélas ! leur relation prendra fin dès le lever du jour. Car, si Destiny a été invitée au palais, c'est uniquement pour soigner le pur-sang de Zafir. Bientôt, elle repartira loin de lui, tandis qu'il accomplira son devoir en épousant une autre femme…

Un week-end bouleversant, d'Abby Green - N°3882

SÉRIE : MILLIARDAIRES ET CÉLIBATAIRES - 1ER VOLET

Cinq cent mille dollars ! Julianna est sidérée. Qui peut bien vouloir offrir une telle somme à son association caritative en échange d'un week-end passé avec elle ? C'est insensé ! Lorsqu'elle découvre l'identité de son mystérieux admirateur, Lia sent cependant une vague de panique l'envahir. Car Ben Carter est non seulement l'homme d'affaires qui cherche à racheter l'entreprise de ses parents, mais également celui qu'elle a toujours soigneusement évité – trop consciente de l'effet que son charme exerce sur elle. Cette fois pourtant, Lia le sait, pour le bien de la cause qu'elle défend, elle ne pourra pas reculer…

Le courage d'une héritière, de Kate Hewitt - N°3883

SAGA : L'HÉRITAGE DES DI SIONE - 6E VOLET

Natalia est prise de court. Alors qu'elle se trouve à Athènes dans le seul but de mettre la main sur le recueil de poèmes que son grand-père l'a chargée de retrouver, voilà que le séduisant – et intimidant – propriétaire de l'objet la prend pour la nouvelle baby-sitter de sa fille ! Que faire ? En le détrompant, elle a peu de chances de récupérer le trésor perdu. Ne dit-on pas, en effet, que le milliardaire est un homme intraitable ? Cependant, la mission que le patriarche de la famille Di Sione lui a confiée est plus importante que tout, et échouer est inenvisageable ! Afin de mettre toutes les chances de son côté, Natalia prend alors le risque insensé de travailler quelques mois pour le bel inconnu au regard si troublant…

La princesse retrouvée, de Caitlin Crews - N°3884

Tandis qu'elle écoute, bouche bée, les propos absurdes du séduisant inconnu qui se tient devant elle, Maggy a l'impression de rêver. Elle, une jeune serveuse orpheline, serait Magdalena, la princesse disparue du Santa Domini ? C'est insensé ! Mais, bien que révoltée par l'arrogance de celui qui prétend être le roi Reza en personne, Maggy ne peut s'empêcher d'espérer. Et si elle appartenait vraiment à une famille royale ? Séduite par l'idée – et, malgré elle, par le charme irrésistible de Reza –, Maggy accepte de lui faire confiance… au risque de voir sa vie entière bouleversée…

Composé et édité par HarperCollins France.

Achevé d'imprimer en août 2017.

BLACK PRINT

Barcelone

Dépôt légal : septembre 2017.

Pour limiter l'empreinte environnementale de ses livres, HarperCollins France s'engage à n'utiliser que du papier fabriqué à partir de bois provenant de forêts gérées durablement et de manière responsable.

Imprimé en Espagne.